作品　于文胜

主编　孙　敏

新浪微博·新疆于文胜V·微博散文选

新疆美术摄影出版社

新疆电子音像出版社

图书在版编目(CIP)数据

风情画语：微博散文选 / 于文胜著. --乌鲁木齐:
新疆美术摄影出版社：新疆电子音像出版社，2012.11
ISBN 978-7-5469-3001-5

Ⅰ. ①风… Ⅱ. ①于… Ⅲ. ①散文集–中国–当
代Ⅳ. ①I267

中国版本图书馆 CIP 数据核字(2012)第 264829 号

于文胜微博散文选

主 编	孙 敏
责任编辑	王 琴
美术编辑	李瑞芳
封面设计	党 红　李瑞芳
图 片	于文胜
出 版	新疆美术摄影出版社
	新疆电子音像出版社
地 址	乌鲁木齐市经济技术开发区科技园路 7 号
邮 编	830011
发 行	新华书店
印 刷	北京新华印刷有限公司
开 本	700 mm×1000 mm　1/32
印 张	10
字 数	100 千字
版 次	2013 年 1 月第 1 版
印 次	2013 年 1 月第 1 次印刷
书 号	ISBN 978-7-5469-3001-5
定 价	39.90 元

本社出版物均在淘宝网店：新疆旅游书店(http://xjdzyx.taobao.com)
有售，欢迎广大读者通过网上书店购买。

写在前面的话

我常看微博。几个网友给我推荐,说新浪微博里"新疆于文胜"的微博很独特,很有意思。我开始关注,并被吸引住了,成为忠实的"粉丝"。

于文胜的微博百分之九十都是原创作品,在他发表的1000多篇作品中,有精短的散文、故事、诗歌、随笔和杂记类作品,也有用长微博工具发表的长散文作品;尤其是用微博连载的小说《1985·淘金纪事》吸引了不少"粉丝"。于文胜微博里的作品语言清新隽秀,内容思想性、哲理性、生活性、趣味性、故事性、资料性兼备,这正是他微博的独特之处。

微博作品是网络文学的一种,因其精美而深受读者欢迎,尤其是在生活节奏很快的今天,微博作品不失为一道阅读快餐。

　　征得作者同意，我将于文胜微博作品中精短的部分编辑成《今天的魅力》，将散文部分编辑成《风情画语》，这两本来自微博的小书，就像午后的咖啡，个中滋味尽在品酌。

孙　敏

2012.12.26

目 录

映

舞

畅

大山的牵挂

阿尔泰山不仅盛产黄金，还盛产云母。20世纪80年代以前晶体管没有在各种电器上普及时，电子管上的重要隔热材料就是云母。它曾作为战略物资被国家储备。

　　据说阿尔泰山的云母储量和产量当时居全国之首，国家专门成立了四个云母矿，有上万名工人长居山中专事云母开采工作。

后来，云母不再作为战略物资而作为民用物资被广泛使用后，国家把阿尔泰山里的四个云母矿交给新疆生产建设兵团管理。再后来，晶体管得到普及，云母市场越来越小，兵团又把这几个矿交给了农十师管理，成为农十师的四个相当于团级的工矿企业。从这四个矿交到农十师那天起，它们就成了农十师的包袱，也是最令决策者们头疼的单位，其结局可想而知——几个矿的上万大人小孩全部牵出来进行重新安置，同时关闭了矿山。

　　十几年后的一天，偶然机会和地处深山老林的一个乡干部吃饭，说到当年山里的四个矿时，乡干部说大山里的一个遗弃的矿洞旁还有一户人家在守矿呢。我们不信，说矿山都关闭了十几年了，当年的云母矿也早就撤销了，怎么可能还有守矿的工人呢?!

我决定跟他到山里一探究竟。

吉普车在山间碎石铺就的简易路上颠簸了十几个小时才到了只有几十户人家的乡里，再往深处走，连简易的路也废弃不能走了。第二天一早，我们一行三人骑马再往山里走。翻了四五座山一直到下午五点时，才到了过去曾经的某矿某队所在地。两山之间一排排房屋院落大多已垮塌，几乎看不见一个能用的房子，更没有一户人家，只在队部废弃的院子里看到关着十几只山羊和一匹老马。乡干部说,这是老黄家养的。他手又往对面半山腰上一指:那就是老黄的家!

我们把马也关进院里,又沿着崎岖的山路爬了半个小时,终于到了老黄家。

我第一次见到用石片磊起的房子:一排三间立在一个巨大山洞的入口处。乡干部说,老黄怕别人来偷采洞里的云母,采矿队一撤走他就自建石屋搬这里来了。

40多岁的老黄,被山风吹打得像一个小老头,听说我是师里来的,激动地握着我的手,用颤抖的声音兴奋地说:"终于把你们盼来了!矿又要开了吧?"

面对老黄闪着亮光又含着泪花的眼

晴,我无言以对。

采矿队搬迁时,队长含着泪对当时才30出头的老黄说:"小黄啊,队上交给你一个重要的任务:看守好咱们那个矿洞,等我们回来复工!我就不信,这一洞子的宝贝就这么扔了?!"

这可是队上开采了几十年的宝矿呀。当年就是在这洞里开采出了比八仙桌桌面还大的云母片,受到地矿部领导的表扬呢!

那时老黄的女儿才两岁,队长把这么重要的任务交给他,就一定要完成好队长的任务——这也是全队100多号工人的重托呀!

就这样,老黄在山里一守就是十几年,两岁的女儿如今已是 16 岁的大姑娘了。16 岁的大姑娘不知山外是什么样子,她去过的最大"城市"是父亲每年要带她逛一次的那个几十户人家的乡里!

十几年了,这里早已是被遗忘的角落,队里再没有派人来过。后来我才知道,当年给老黄"重托"的队长,下山后没几个月就因病去世了。几十户人家被分开安置到多个地方,没人知道也没人相信山里还驻守着老黄一家。

十几年了,老黄再没领过一分钱工资。为了生活,他们开垦了几亩山地,养了十几只羊。一年又一年,期盼着队长带着工友们回来，坚信这一洞好的云母不会没人要！

当我把这十几年来山外所发生的事原原本本地告诉老黄后，老黄一家人的眼神先是惊讶，后又疑惑，最后，他们表情木然，眼光呆滞了很久，除了女儿问这问那，老黄夫妇一直到第二天我们离开再没主动开口说过一句话。

当然，我说了很多劝老黄一家下山的话，并向他保证找组织上帮他重新安排工作，老黄都没有给我明确的答复。再次见到他兴奋激动的表情时，是第二天他带着我们参观那又深又潮又阴冷的矿洞，他指着一处闪着银光的洞壁兴奋地说："你们看哪，当年那块大云母片儿就是从那儿采下的！"

第二年春天，我又遇到了那位乡干部，他已经调回市里工作了。他告诉我，去年大雪封山前，老黄一家下山了，是乡里派那辆老吉普车把他们送出山的。老黄走时流着泪告诉他：单位没了，队长也没了，这里已没什么牵挂了，他要带着老婆孩子回四川老家了。他托乡干部拜托我一件事：如果矿山复工，一定通知他回来……

2012年4月 26日草于杭州飞往乌鲁木齐途中

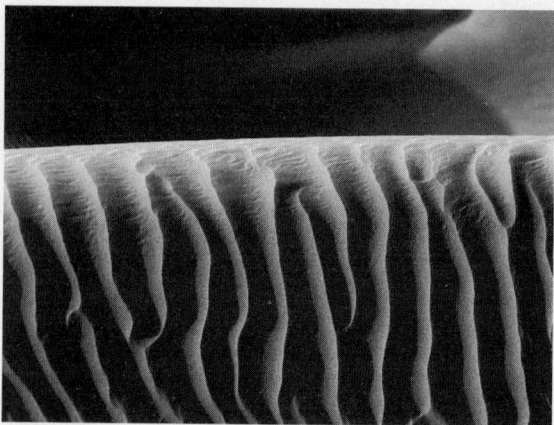

肤

媚

最美的缘分

人的一生中有很多的缘分：同学是一种缘分，同事是一种缘分，师徒是一种缘分，夫妻更是缘分……就连旅途相遇相知，都是一种缘分。

我最美的缘分是与书的缘分。从小我就与书结下了不解之缘。

小时候书很少，除了《马列》《毛选》就是革命连环画书（那时叫小人书）。印象最深的是一本叫《铜墙铁壁》抓特务的小人书,把我带进了读书的乐趣中。读书,成了我最大的乐趣。记得小学五年级时,找不到其他书看,竟然把厚厚的《资本论》当故事书看,当然是稀里糊涂地什么也没看懂,却留下了"最不好看最没意思的书"的印象。

上初中时我接触到两本很有趣的书,一本是《骑鹅旅行记》,一本是《风先生和雨太太》,精彩生动的故事把我带进了童话的世界,也使我看到了书中的世界是多么的精彩。对每一本故事书我都视为宝贝,不放过任何享受读书快乐的机会。后来陆续读到了不少精彩的书,《雨滴项链》

《绿野仙踪》《唐吉珂德》等精彩的故事，至今闭上眼睛还能一幕幕生动地浮现在眼前。也许是童话书的原因，我变得特别爱想象、爱幻想，甚至幻觉，幻想天上嫦娥姐姐与小白兔的生活，幻想云里应该是怎样的世界，想象老鼠应该怎样才能打败大黑猫等等，经常在梦里梦见自己是尼尔斯，是丑小鸭，甚至是一只小蚂蚁。现在想来，是书开启了我的想象力，是书打开了我构思的大门，乃至到今天还受其影响。

后来，我不满足于"想象"的感觉，开始自己动笔编故事写故事，给同学们传阅，欣赏同学们的赞美！后来出版的《面包店的故事》《熊哥哥和鹿妹妹》《美丽的草原》

《神奇的笔》《有理想的小乌鸦》等儿童书里的故事，大部分都是那时编的，包括前几年出版的长篇童话《蚂蚁王国的奇闻》，前半部的故事是上高中时每天晚自习给同学们边编边讲的故事，后半部是10年后续写的。记得高中二年级时应同学的请求，我把编的故事刻在蜡纸上自己油印了十几本小册子，送给要好的同学看。现在想来，那应该是我的第一本书，记得书名叫《小蘑菇》，油光红纸的封皮上印着"作者：于文胜，出版：于文胜，发行：183团一中高二（3）班"。这之后，校教导主任兼我们班的语文老师张瑞领老师提议由我牵头把学校里爱读书爱写作的同学组织起来，成立了"蓓蕾文学社",并在学校的支持下"正式"创办了油印的《蓓蕾》月刊,后又创办了《文科报》半月报。文学社后来影响到整个地区,就又创办了《春华》报,面向全地区的写作爱好者了。到我高中毕业并在留校当老师的几年里,不仅把油印报刊上发表的同学们的文章结集出版了《蓓蕾初绽》一书,还将油印的一刊两报整合成了铅印的《北屯作品报》。只是,出完第一期后我就调到真正的报社办报纸去了。

从1990年1月到2002年9月,我办了12年报纸,从文艺版编辑兼记者到部门主任、副总编辑、总编辑,虽然非常辛苦,但因为天天和文字打交道,其乐无穷、乐在其中!

　　虽然是办报纸,却一直和书有缘。那时我们报社承担着内宣和外宣双重任务,为了指导基层通讯员怎样给报纸写稿投稿,我和总编辑张新泰专门编写了一本《通讯员 ABC》的书,出版后很受通讯员的欢迎,全国各地几十家报社把这本书指定为通讯员培训教材。20 世纪 90 年代初,正是印刷业转型的"革命"时期,我们《新疆北屯报》很快完成了转型并成为全疆最早的对开彩报。报纸进入电脑录排后,字号、线条、网纹等元素更多,图片处理和版面设计更活,对报纸编排设计也带来一场"革命"。为办好报纸的需要,也为知识更新尽快适应发展形势的需要，我们购买了大量的国内外书刊资料和订阅了几十种有特色的报纸，一有时间就反复研究。历时几年我们不仅摸透了新技术的门道，还创造出了一套自己的编排设计技巧，并把研究成果写成了每本20多万字的《报纸版面编排与创新》《报纸版面艺术设计》，没想到两本书公开出版后受到业界高度评价，全国近百家报社把它作为编辑必备书。因为这两本书填补了报纸版面学的空白，我被"破年限、破学历、破外语"地晋升为副高职称，并由部门主任升职为副处级的副总编辑。那年我27岁。

后来，在办报之余，除了大量的阅读书

外，我们还和几家出版社合作编辑出版了
《中国地市报总编辑丛书》《当代记者文
丛》《绿太阳文丛》《西域之光丛书》等50
余部书，通过编辑出版图书，使我们本来
一家地区性报纸在全国同行中有了一定的
影响，也结交了一批同行朋友。记得有年
我路经湖北宜昌，临时决定拜访一下当地
报社，谁知报出家门后他们马上取来了我
们的报纸和几本书大加赞赏，当然我也受
到了热情款待。

　　2002年10月下旬的一天，乌鲁木齐
下起了第一场雪，冒着纷纷扬扬的大雪，
组织上把我带到一家出版社，当领导宣布
完任命书后，我心里明白，我开始真正与

书为伴了,这辈子真正与书结缘了。

读书、编书、出书是我的最爱,原来的业余爱好成了每天要面对的工作,爱好即工作,工作即爱好,这是多么幸福的美差啊!每当有人看我每天忙忙碌碌的劝我不要太辛苦时,我会说:工作并快乐着!

读书是快乐的,写书是快乐的,编书出书更是快乐的。每一本书的出版,都是一次幸福的分娩,都像孩子一样亲爱!

一本书的出版要经过很多个环节,每个环节都是一门学问:选题策划、稿件组织、编辑加工、装帧设计、录版制版、印刷装订,发行推广,到读者手中的每一本书都是经过很多环节很多人劳动的产物,横跨编辑、印刷、发行、造纸四个行业，是一个完整系统的产业链条。

我常想，世界上没有比书更完美的产品了，即便是一本薄薄的书，也无法论斤论吨来计算它的重量，更无法用角用元来衡量它的价值。一本书带给你的可能是一个社会、一段历史、一门学问、一种技术、一个变革、一种观念、一种思想……乃至改变一个人的一生、撼动一个社会、改变历史发展，你说，这能用重量和价值衡量的了吗？达尔文的《进化论》改变了人们对万物乃至世界的认识，马克思的《资本论》创造了一个新的社会体制，高尔基的《钢铁是怎样炼成的》影响了几代人，蒸汽机的发明凭借书的传播带给世界工业革命从而使人类进入工业文明时代……从古到今，人类社会的进步与发展书都起了巨大的推动作用，将来还会如此。

书是多么完美的产品啊！

与书有缘，无论是读书、编书、印书、卖书，都是最美的缘分！

灵

眺

圣

听

胡杨无语

胡杨是一种倔强的植物。在植物王国里，它虽算不上高大挺拔，更算不上娇柔秀美，但它令无数人敬仰！

第一次见胡杨，是我 11 岁那年到团部去寄校上初中。父亲带我骑自行车在茫茫的戈壁滩上，烈日炙烤的戈壁滩上热浪滚滚，除了石头还是石头，没有一点绿色，甚至连一只小鸟也没有飞过。突然远远地看见路边土包上有一个耀眼的火球，走到跟前是一棵不大的树。才刚进九月，叶儿就一边泛起金黄一边还扬着翠绿。我问父亲："这是什么树呀？真漂亮啊！"父亲说："这是胡杨树，你别看它还小，咱们团还没有成立时它就在这了，它是咱们西部开发者的象征啊！"那时，我虽不知道它到底象征着什么，但胡杨树的印象牢牢刻在脑海里了——那是戈壁滩上最美的树，也是唯一的生命之树！

第二次见到胡杨是我初当记者那年。也是金秋九月，我到偏远的南戈壁上的某团采访，空闲时宣传干事问我："想不想去拍胡杨？"我一听来了兴趣，那是很美的树呀。于是，我们开了辆吉普车继续往南走，往戈壁深处走，在没有路又到处可以是路的戈壁滩上颠簸了三四个小时，终于见到了好大一片胡杨，一片胡杨的森林！

那是我至今见到过的最原始的胡杨林。有的胡杨三个人围抱不过来，一半朽烂了，另一半的枝杈上还枝繁叶茂。那一树冠的叶儿南半翠绿北半金黄。一个个参天大树，如一个个巨人傲立在戈壁滩上。这是一片古老的林地。地上到处是横七竖八的朽木，朽木化作的灰土没过鞋口，灰土里一棵棵一人多高的胡杨正在生长，有的像刚出生似的摇着两个嫩绿的小枝。这片原始胡杨林使我们仿佛走进了亚马逊森林，也使我们看到，戈壁滩上的生命是这样长久和顽强！

可是，当我们走到森林的西边，看到那里尘土飞扬：几辆推土机正把一棵棵大的小的胡杨树推倒，后面新开发的农田望不到边，前面推土机的车轮还在向胡杨林深处推进……我从堆得像小山似的木堆上随手拿了一个树根回来，一直放在书架上，当作对那片正在消失或许已经消失的古老的胡杨林的哀思和纪念。尽管我当时在报上连发了几篇文章呼吁保护那片胡杨林，但在那个人人几乎疯狂的年代，没有人把不值钱的树当回事！

第三次见到胡杨是近几年的事。也是

一个金秋季节，和朋友相邀去木垒拍胡杨照片。说是在木垒，其实离县城至少有一两百公里，越野车在荒凉得太阳都皱着眉头的东戈壁上跑了三四个小时后，远远看见天边有一片金黄。走近是几平方公里范围的胡杨林。这里的胡杨和当年在南戈壁上见到的一样粗大和古老，只是面积要小得很多。这里已开发成旅游景区，成群结队的摄影发烧友们占据了林子的每个角落，长枪短炮般的相机咔嚓作响。在这里，我拍到了第一张火红落日下的胡杨照片，也拍到了第一张月挂树梢的照片。那是很美的照片啊！又一年秋天，朋友见到我这一组胡杨照片，邀我参加胡杨摄影展，我当即谢绝。不是不相信自己的作品，是没有勇气面对胡杨。

后来，我去了伊吾胡杨林、塔克拉玛干沙漠里的胡杨林、塔里木河畔的胡杨林、世界面积最大保存最完整的沙雅胡杨林……所到之处，一是惊叹在环境更加恶劣的地方胡杨依然顽强地生长，再就是惊叹即便再远地方的胡杨林都有收门票的和一群群游人兴奋地拍照留影……

去年到和田市，朋友带我到一家木艺厂，几亩大的院子里堆满了大大小小的胡杨枯死的躯干和根枝。这些干呀枝呀根呀的最终都会被加工成各种精美的工艺品。

我买了一个自然长成的宝壶一样的根

雕，好好收藏了起来。因为我想自己虽然拍摄了很多很美的胡杨图片，可又能保存多久呢？将来我儿子的儿子的儿子可以拿着这个宝壶一样的根雕对他儿子说：瞧，这就是"一千年不死，一千年不倒，一千年不朽"的胡杨呀！

　　2012年4月24日草于乌鲁木齐飞往杭州途中

思

俏

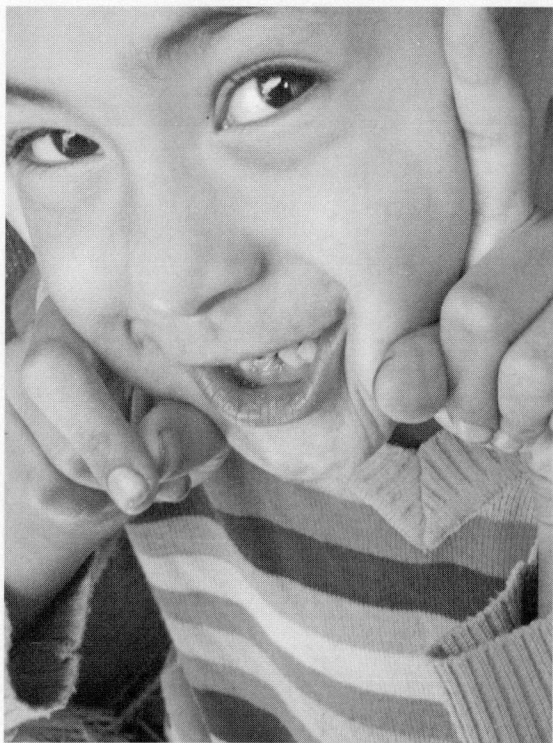

顽

日

天上的云

此时，我正坐在飞机上，看着舷窗外一望无际的云海，这云一朵一朵地隆起，一朵一朵地相连，洁白得像刚弹好的棉絮，轻柔得像蚕丝织成的纱……

　　这使我想到冬日的阿勒泰广袤原野上洁白的积雪，也是这样一望无际，也是这样洁如蚕纱。记得那年下了 50 年未遇的大雪，纷纷扬扬地把阿勒泰的山川河流、田野草原包裹得严严实实。我随师领导到雪灾最严重的 181 团一营查访，在厚厚的积雪上走着走着就一脚陷进了雪里。一个大活人瞬间没了，一行人竟没有发现，直到听见我拼命的呼救声，他们才折回来看见我露出雪面上一只不停挥动的手掌。那是这云海一样的雪给我开得终生难忘的玩笑。

看着窗外的朵朵白云，我想，假如是钻进这样的云朵里，是什么样呢？

正想着飞机就钻进了一个巨大的云朵里，舷窗外一下满是乳白的雾，严严实实地包裹了飞机，除了飞机的引擎声，感觉我们静止在云朵里，随着云儿在飘荡……

啊！我真的在云朵里，在这天上的云朵里啊！

儿时，我最喜欢和父亲去草地打草，躺在厚厚的软软的草滩上，闻着浓浓的草香和花香，抬头看蓝蓝的天空，蓝蓝的天上白云飘……躺着看天上的云儿，一会儿像一个巨大的棉花朵，一会儿又变成洁白的天马，一会儿是白龙腾起，一会儿是长袖轻舞……那天上的云啊，一会儿一变化，一朵儿千变化，只要你能想到的东西，它都能变化出来。看着这个千变万化的云儿，我常常想：这云里头是什么样子呢？真的有这么多的动物生活在里面吗？我要能到云上去看云那该多好啊……想着想着，就看见一个绳梯从云里垂下来一直到我眼前。我高兴地抓住云梯就往上爬，爬啊爬啊，终于爬进云里了。哇，我看见到处都是洁白的亭台楼阁，到处都是洁白的宫殿和高楼……突然，一只小白兔跳到跟前，抬头一看，呀，嫦娥姐姐正微笑着看着我呢……小白兔跳到我怀里来亲吻我的嘴唇，舔我脸颊，弄得我痒痒的咯咯笑个不停，睁眼一看一头不知从哪里来的小黄牛正用流着口水的舌头舔我的脸呢……

因为工作的原因，我经常要乘坐飞机南来北往的跑，看到各种各样的云，每次都有几乎零距离接触天上的云，每次我都用相机拍不同的云……我有一个想法：将来有一天，把所有云的照片贴满房子的地板、四壁和天花板，然后躺在房屋中央，头枕着云看着云，左手牵着云，右手搂着云，然后找回童年的那个梦，去逛天宫，去抱玉兔，去见嫦娥……

正想着，正写着，飞机已降落在杭州机场……耳旁传来空姐甜甜的声音："欢迎来到有'人间天堂'美誉的杭州……"

2012年4月24日草于乌鲁木齐飞往杭州途中

慕

街

窗

欲

节日快乐

今天是"五四"青年节！

这个曾经自己拥有的节日！

记得过第一个青年节，那时我刚16岁，学校团委要举办"我是青年"诗歌朗诵会，我非常激动，因为我终于是青年，终于可以过"青年"的节日了，这就意味着我成为大人了。

我把最喜欢的一首杨牧的诗《我是青

年》一遍遍朗诵，以至于几乎倒背如流——这是我第一个成人的节日，力争夺取名次给自己留下最有意义的纪念！

"五四"那天上午，学校礼堂里座无虚席，我抽签第一个上台朗诵，也是第一次上台表演。面对台下几百双眼睛，我紧张的腿都哆嗦，原来背得滚瓜烂熟的《我是青年》，除了"我是青年，我是青年，我是青年……"外，其他一句也想不起来了。同学们看我紧张的样子都笑得前仰后合，不知谁喊了句"那就为我们现场做一首诗吧——"，满场叫好。刚好我早上一睁眼突发灵感写了首《在希望的田野上》，竟流利地声情并茂地一口气朗诵了出来，赢得全场阵阵掌声。虽然大家都说我朗诵的最好，但因为不是规定动作，不能评奖。尽管如此，我还是开心极了——因为这是我过得最有意义的节日。后来，《在希望的田野上》在报纸上发表了，为我留下了最好的纪念！

以后每年都过"五四"青年节，每个节日都不一样，总有各种活动。再到后来年年过习以为常了，没人提醒甚至都忘了还有自己的节日。想想35岁以后我好像再没有过"五四"青年节，也再没人说"节日快乐！"了。

是的，我们不再是青年！

我们的孩子正青年！

我们已经不知不觉地匆匆走过了"青年"，我们现在正是中年！

　　丢失的岁月不可能再找回来。我们正当中年，我们正当成熟而精力旺盛的中年——人生真正的黄金时段，我们已"丢失"了青年，那就不能再"丢失"珍贵的中年！

　　看，太阳升起来了。我要赶紧给远在京城的儿子打电话——节日快乐！

早

协

冬

君子协定

现在想来，我和学生的那个"君子协定"双方真的很讲信用！

18岁那年我留校当老师，开始时让我教中专毕业班。我的学生和我一样大，而且女生居多。特别是前面三四排全是女生，每次上课时那些女生都直直盯着我听课，弄得我经常脸红。每次看我一脸红，班里女生男生就拍着桌子大笑。后来我想了一招：上课时我要么看黑板，要么低头看书，要么抬头看天花板，反正不看女学生。

那些学生也很鬼，趁我低头念书时，突然站起一个报告说：老师我肚子痛！一抬头正好和她眼神对眼神，我红了脸说你赶紧去看医生吧，女生说老师肚子又不痛了，全班又哄堂大笑起来。慢慢地在与这些同龄学生的斗智斗勇中，在一场场"战斗"中，脸皮也厚了起来，后来我能用眼睛把不怕羞得女生盯得脸红。我教的虽然是最没意思的"气象学基础"和"市场经济概论"，后来又帮另一个去进修的老师带"作物栽培学"，但因为我有两个班跟朋友一样的同龄学生，我每次备课都很认真，每次讲课都觉得很有意思，以至于不仅我喜欢上了那几门课，连同龄学生也喜欢上那几门课了。

我也越来越觉得教学并不像有些人说得枯燥无味，而是非常快乐的工作。我觉得学生和朋友一样好处，有时我正在讲课呢，某个同学会说："报告老师，今天讲得太难了，我们一下子消化不了这么多，咱们打10分钟扑克脑子休息一下吧。"学生们就前前后后打起扑克来。我搬个椅子坐在门口帮他们看门，以防校长和其他老师发现。

有个年龄大我两岁最捣蛋的男学生有次找我单独谈话：

"老师你看出啥了没有？"

我说："没看出啥呀！你指哪方面？"

学生说："我喜欢上×××了。"

我说："那好啊！"

学生说："可她说不喜欢我，她喜欢你！"

妈呀，吓我一跳！我说："这玩笑可不敢乱开啊！"

学生说："我不开玩笑，我是认真的！我找你是咱们俩立个君子协定：从今往后，我保证全班同学都听你的话上好你的课。但是你也要保证不和×××好。要不咱俩不是朋友就是敌人！明白吧?！"

我当即表示："放心，向毛主席保证！"

学生还是不放心，问："你有女朋友吗？"

我说："有啊！"

他又问："也是同学吗？"

我说："是啊！"

"也在咱学校吗？"我想了一下："在北屯哩！"

其实，那时我根本没有交过什么女朋友，为了让学生放心，也只有骗他了。那是我长这么大第一次说谎。

我们的那个"君子协定"男生说到做到，帮我把班里管理得好好的。在毕业前最后一学期我向班主任提议他当了班长。

当然，我也遵守君子协定：那女生前后

写给我的五六封信我没撕信封就全烧了。那女生也不是好惹的，有一次直接找到我宿舍说："××老是骚扰我，你不能不管！"我说："我咋管呢？我们有君子协定呀！"女生气得骂了句"××"就再没理我。

后来这些学生几乎都成了我的朋友，有些一直到现在还来往。

那个与我"君子协定"的男生毕业后没几年和那个女生结婚了，过得很幸福。

中专班毕业后，我又到中学部从初一带班到初三，教了100多个学生，在教学中既锻炼了才干又学到了知识。

真高兴当过老师。

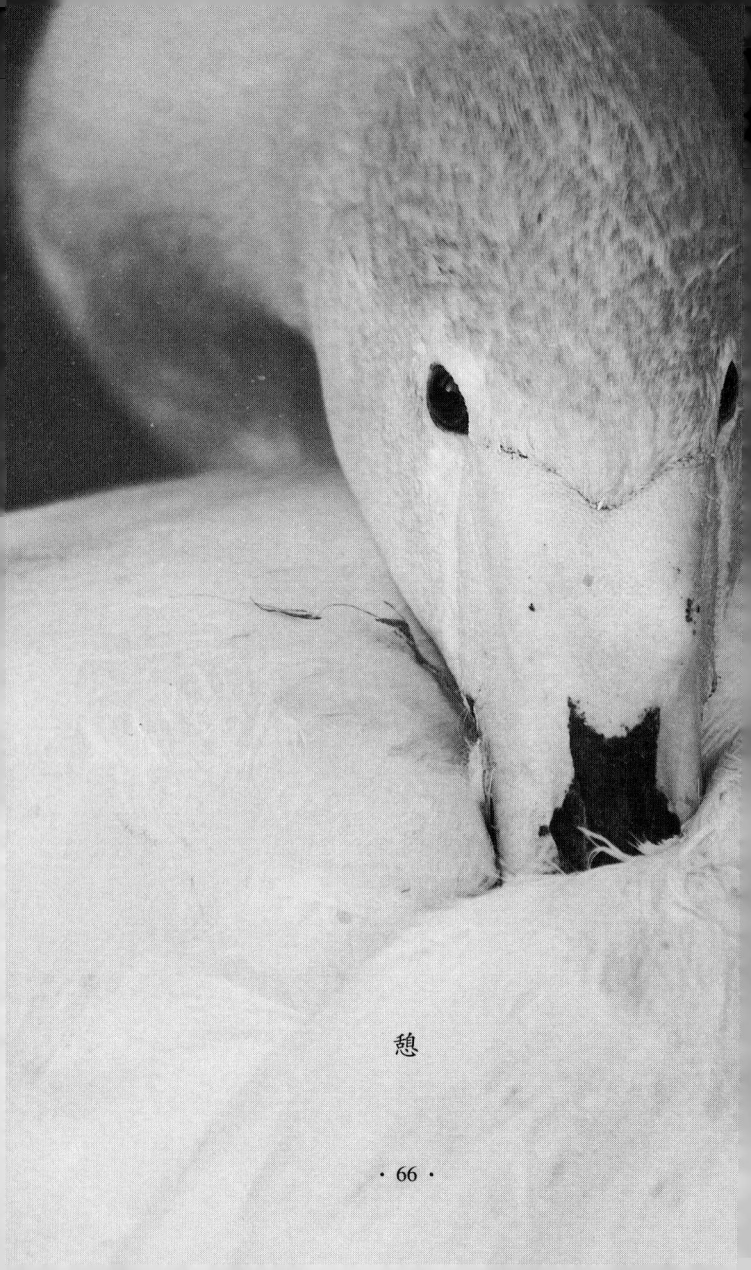

憩

畔

显

其实就这么简单

我写了篇《英格力士》的短文，讲我英语不好的原因，目的是给老师们一点启发。由此，我又想到这一辈子做文化事吃文化饭，虽不能说多成功，但至少也有所成就，能有今天，主要原因还是老师，希望继续能给老师们一点启发。

高一下学期前我语文非常糟糕，甚至还不如英语水平，而且最怕命题写作文，我记得这之前语文最高分才考到 61 分。

有一天下午，我在学校图书室看书，看着看着突然兴起，拿起笔来一口气写了五六首小诗——其实那时我不知道自己写得是什么，什么是诗，只是一时兴起随手写来。回到宿舍后我随手扔在桌上，写诗的纸被来串门的一个年轻徐老师看见了，他看后疑惑地问是你写得吗？我说是啊！他说你可以给报社投稿呀！我说不行，我写着玩的。徐老师把那几页诗稿拿走了，我也没有在乎。谁知半个月后校教导主任张老师把我叫到办公室问：你给报社投稿了？我说没有呀！张老师拿出一封信说：《阿勒泰报》来信了，说这几首诗写得非常好，他们不相信是一个中学生写的，让学校调查一下是不是抄袭的。我接过一看，正是徐老师拿去的那几页诗稿。我说是我写的，但不是我投的稿。于是将来龙去脉说给张老师。末了,张老师说:我相信你，这诗写得真好哩，咱学校出了你这样的才子是光荣事呢！你能在我这再写几首吗？我让校广播站给你广播！

我被张老师夸得激动不已，一高兴当场又写了七八首。张老师把我新写的和原先的反复比对后高兴地一拍桌子叫道:"还真的是呢！"

大约十几天后,《阿勒泰报》用半个版面把前面写的和后面写的诗全部登了出来，这下轰动了全校也轰动了全团，团广播站每天两首播了一个星期后，又叫我写了一二十首，一直连播了一个月。我一下子成了名人。

有一天张老师找到我问：你能写小说吗？我说我不知道什么是小说。他拿出一本《契诃夫短篇小说选》说，你看看就会写了。

我把《契诃夫短篇小说选》看完后觉得小说不难写呀，就把我小时候连队发生的一件事编了个故事写成三四千字的小说《何为老汉的故事》，张老师拿去改了后在《阿勒泰报》整版发表了。后来又在《新疆军垦报》上发表了。

有一次张老师又把我叫到办公室说：你文章写得好，但是我也发现你文字功底不扎实，这样走不远呀！你还是先补上语文这一课吧！

我一下对语文产生了极大的兴趣，每天都早早起来背课文背古文，不仅自己补上了从小学到高中所欠的所有课程，到高中毕业时，我已自学完了现代汉语、古代汉语、现代文学、古代文学、外国文学等大学课程，为了考验学习效果，我毕业那年报考了新疆大学自学考试，几门课程都在70分以上。当然，到高一下学期时，我语文成绩全班名列第一，到高二时已全年级四个班里名列第一二名了。

后来凭语文和写作我留校当了语文老师。三年后调到报社，又后来干广播干电视做出版，一直干和文字有关的工作。工作上小有成绩，个人也出版了二十几本专著，评上了正教授职称，当上了国家级新闻出版行业领军人才。回想这二十几年一路走来，如果不是小徐老师的发现，如果不是张老师的一直鼓励，就不会有我今天的事业和成就！

　　其实就这么简单！

甜

恬

擒

英格力士

我英语糟透了！这糟透了的英语也糟透了我很多事。

读了两年半大连理工大学在职研究生，门门功课都至少是及格以上，末了是英语考了两次都过不了关，终未拿上硕士学位。所以提起学位就丢人，至今还是个"文学学士"，更没敢有读博的奢望了。

后来在职称上，27 岁到中级，32 岁到副高，一路走得都是破格晋升，英语都被一张张获奖证书"破"掉了。可是再来报评正高职称，英语这关就是过不了，考了三次，一次比一次惨，最后一次惨到17分了。我懊恼：这辈子别指望评上正高了！好在42岁那年，这恼人的英语终于被一张中国出版政府奖的获奖证书给"破"掉了，也终于评上了正高职称。但这职称评的有多艰辛只有自己知道。

我的英语确实太差了。除了记得ＡＢＣ几个字母，也就是英格力士了。现在回想，其实我英语是可以学好的，只是……

上初一时我们开始学英语，我对英语

兴趣很浓，早早起来背单词，英语作业也写得最认真的，只是我大舌头加老家口音，发音老走调。记得有一次英语课上王老师突然叫我读单词，我把"jeep"念成"杰普"，同学们哄堂大笑。王老师一拍桌子："你咋这么笨，这么简单的词都不会念！"课后班长姜某就戏称我"杰普"。我的自尊心受到极大伤害，一下对英格力士厌恶之极，不仅不愿意学它，连作业也不好好写。英语从此一落千丈。

后来初三时我有一次重新学好它的机会——换了一个新英语老师。不知为什么，她一来就让我做英语课代表，我又燃起学好英语的信心。每天早早又开始背单词了，英语作业也一笔一画写得极认真。谁知好景不长，老师又叫到我读课文，没读几行，新老师不耐烦地训斥："我以为你英语好呢，没想到这么差！"这次同学们虽然没有哄堂大笑，我却对自己彻底失去了信心，一直到高中毕业，再没背过一个单词。

后来，每次因为英语而头疼时，我都想到那两个英语老师，不知道是怨恨她们还是怨恨自己，反正是对英语不是滋味……

我告诉儿子：虽然我们吃中国饭、讲中国话、写中国字，但是英语一定要学好，不为别人，为自己今后的人生！

英格力士！

亲

豆腐渣　大白菜
减 肥 宣 言

誓

光

简单即快乐

最简单的思想，最简单的生活，最简单的追求，最简单的做人的人，是最快乐的人。最快乐的人，是真正最幸福的人。

人所以有烦恼，是因为纠结太多。之所以有那么多的纠结，是因为我们拿得起的东西太多，而放得下的东西太少，又承受不了那么多。

无论是平凡的人还是伟大的人，无论

是快乐的人还是烦恼的人，最终都要回到始点。正如花园里的花儿，原野上的花儿，生长是为了开花，开花是为了结果，结果是为了种子，种子是为了发芽，发芽是为了生长，生长是为了开花……绽放过、芳香过、风吹过、雨打过……周而复始，一切的一切，都是一种过程，都是一种经历……就是这么简单！

笑

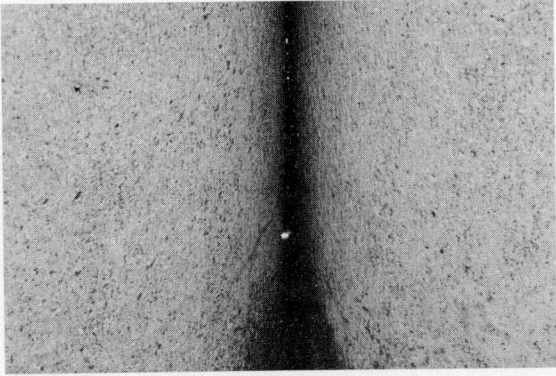

石

棋

我与北屯的愿望

小时候，我家在偏远的连队，团部对我来说是大地方，北屯则是更大的地方，是大城市。

　　高中毕业那年，我才第一次到北屯，在宽宽的柏油路上，我跺着脚走来走去呀，皮鞋上真是没有一点灰尘，用手摸摸地面，比我们连队的麦场还干净；我在北屯商场的楼梯上上去下来，下来上去，腿脚真的更灵活更有力了,对没有见过楼房的我来说,北屯商场那三层楼房简直就是大厦!

那时我想,我将来能在北屯这样的大城市该多好啊!北屯,成为我神往的地方。

三年后,北屯实现了我的愿望——我还进了五层高的机关大楼,住进了虽是平房却是用砖垒砌的新家!

后来我想,在北屯生活,如果能住在楼房里,那该是多好的享受呀!

于是,我就盼着北屯每天盖起一幢高楼,把所有的平房都拆了,在每一块土地上都盖起一幢大楼。

几年后,我住进了楼房,虽是一楼,仅

有 50 多平方米的小房，但是我们全家那个乐呀，那个喜呀，没法说！妻子天天把地砖擦得能当镜子使了。

又几年后，我搬进了三楼 80 多平方米的新家，在新家里，我终于有了自己的书房。

从 1988 年 12 月到 2002 年 10 月，我在北屯生活了 15 个年头，是我 20 岁到 35 岁的黄金时段。15 年里，我随北屯一起成长，一起成熟，从只有十几幢楼房到满城皆楼，从二三万人到十几万人，我亲眼见证了北屯的发展。

调到乌鲁木齐后，我也常回北屯，只是 600 多公里的路程，每一次回去都很辛苦。

每次我都想，北屯能通火车该多好啊！我可以周五晚上坐火车，睡一觉，周六天明到北屯，钓上两天鱼，周一赶回单位上班，那该多惬意呀。

去年的某一天，我收到了一大堆信息，都快撑爆了手机——北屯通火车了！我高兴地把这一信息转发给我所有在乌鲁木齐的朋友，关键是我在转发信息时加了一句:别忘了坐火车到北屯钓鱼哟。

火车通到北屯，北屯发展会更快了，如果北屯能建市，那真是锦上添花了,我想。

其实,我对北屯是不是"市"真的很计较，在乌鲁木齐，常有人问我"你是哪来的",我说"北屯","是那个小镇子吗？"我会郑重告诉他"是北屯市"。

乌鲁木齐人有个"怪毛病",你是下面城市来的,他看得起你,你要是下面乡镇来的,他就会用另一种态度对待你了。有一次,我无意中亲耳听到我的前办公室主任对他的同事说,"知道吗,北屯根本就不是城市,只是一个小镇子,跟乡是一个级别的……",我气得翻出一大堆照片扔到他桌上,"睁大眼睛看看,有这样的乡吗?!"

如今,北屯是真正的"市"了,我反而没有那么激动——因为在我心里,北屯就是一个"市",名至实归而已。

我和北屯的缘分今生今世是扯不断了,在我身上,早已深深烙上了"北屯"的印记！我常想，北屯真是一个福地，我凡是与北屯有关的愿望，北屯都能帮我实现，全世界的年轻人，都应该到北屯去举行婚礼，他们在北屯许下的心愿，北屯也一定能帮他们实现。

我与北屯还有一个心愿：将来退休后，我还想回北屯……

叹

路

爬

乌鲁木齐的花开了

仿佛在一夜之间，一片一片白色的、粉色的花儿绽放在光秃秃的枝头上，仰着笑脸吐着金黄的花蕊，就像这城市的少女，活泼大方里藏着几分羞涩。

　　这花儿实在性急，叶儿才刚鼓包，它就开满了枝头，这一片儿那一片儿的，像粉色的裙，又像天上的云。问花儿："叶儿还没绿呢，你却站满了枝头？"微风拂过，花儿沙沙作响,仿佛在说:"春天来了,这个绽放的季节为什么要等待?!"

乌鲁木齐的花儿开了,尽管是白色的粉色的小花,却有这城市时不我待的性格,白色的粉色的花儿开了,那红色的、黄色的、绿色的花儿和叶儿,明天会绽放在乌鲁木齐的每个枝头。

为什么要等到花红柳绿?白色的粉色的小花已绽放吐蕊,那就走出家门看花去!赏春去!

融

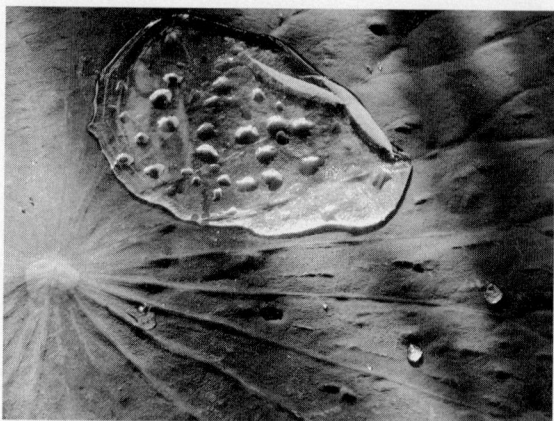

荷

一池荷花

一池荷花开了，红的花、粉的花、白的花……一朵朵绽开了灿烂的笑脸，微风拂过，她们俏皮地摇头晃脑地吐着金黄的粉嘟嘟的花蕊，一点儿也不惧陌生，一点儿也不装羞涩，尽情展示着美和个性，甚至花开得有些夸张……

问荷花：你咋一点儿也不谦虚呢？看池畔的垂柳，看池中嬉戏的小鸭，看一池打扮你的荷叶，都被你抢了风头——来来往往的人啊，啧嘘赞美的同时把镜头对准你拍个不停。荷花笑笑不作答，却看见这朵刚开那朵已急不可待地张开了花蕾……这一池的荷花呀，就像一个个急着出嫁的新娘，这边的堂没有拜完呢就自揭了盖头，那边的花轿没到就闯出阁来……

问垂柳：就这样被荷花抢了风头？杨柳依依，轻摆着一条条垂到水面的长辫，笑而不答。那长辫就像维吾尔族少女头上的一条条扎着彩结的小辫，凸显着活泼、快乐、骄傲和自信……

又问荷叶，你甘愿当荷花的陪衬？荷叶羞涩地卷了一角叶儿，像害羞的少女捂住脸儿似的摇着头儿不说话……再问鸭儿，还没等说完它们就一头钻进荷叶里了……

一池的荷花开了，那香味传到很远，把城市的人都吸引来了，一群群一帮帮的，欢声笑语溢满了池塘，每个池塘都开满了荷花……

一个小女孩兴奋地喊："妈妈快来看呀，我拍得照片多美呀——荷花、荷叶、垂柳，还有两只小鸭子！"

纹

望

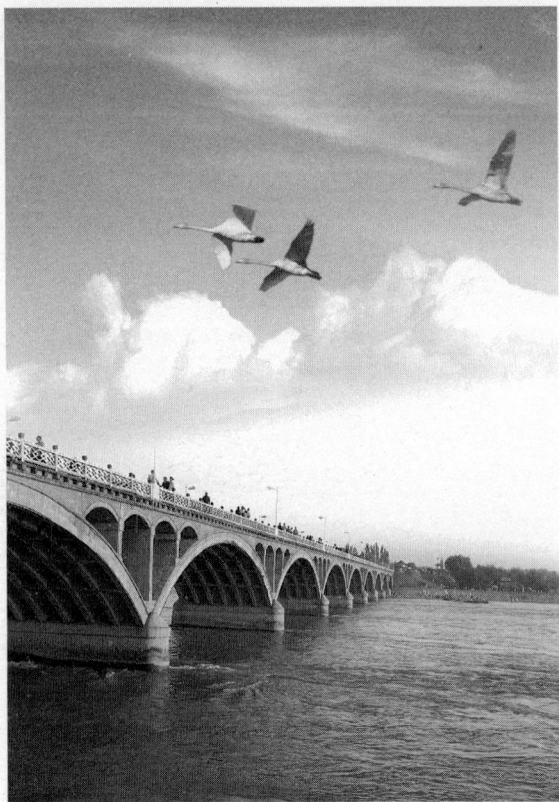

翔

真正草莓的味道

小的时候没有吃过草莓，我们那个戈壁滩的田园里，除了大白菜、土豆、黄瓜之类的蔬菜和西瓜、甜瓜之外，几乎没有其他水果的印象，更别说草莓这样的时鲜水果了。

在图册上见到草莓，我想：草莓什么味道呢？——甜的？酸的？——反正不会是辣的苦的。

后来不仅常常见到草莓，也应季尝鲜了不少草莓，大的如蛋，小的如豆，有的酸得牙痛，有的甜得腻人。问卖草莓的人：咋这酸呢？答：还没熟透，回去放两天就甜了！又问：咋这么甜呢？答：熟过了，就甜腻了！

正是草莓成熟的季节，和朋友相邀去乡下，路边排满了卖草莓的小摊，一处买了一斤，呀，真酸！又一处买了一斤，呀，真甜！卖草莓的人都说：这是最正宗的时鲜草莓呀！

酸的，甜的，哪个是真正草莓的味道？

——酸是草莓的味道！

——甜是草莓的味道！

守

盼

撑

不就一杯白开水嘛

我不敢喝茶,尤其是晚上,喝了就睡不着,甚至整夜地失眠。

　　在很长的一段时间里,我只喝白开水。

　　可是,只喝白开水是很尴尬的!

　　到朋友家,朋友泡上一壶好茶。你说:我只喝白开水。朋友不说啥,他的家人也会想:嫌我家茶不好啊?!

　　客人到家,自然也要为客人泡上一壶

好茶，说请喝茶的同时，给自己倒杯白开水，不论你咋解释客人都会想：这是怕我多喝茶啊！

尤其是饭店，招待员问喝什么茶？你说白开水。别说老板，招待员看你的眼神都不对，有的干脆说：对不起，本店不提供免费的白开水！这场合，如一个人也就罢了，如果有他人在场，你说多丢人现眼！

于是，我开始试着喝茶。

于是，我经常整夜失眠。

于是，我自嘲：不就一杯茶嘛！

于是，我自慰：不就一杯白开水嘛！

我现在什么茶都喝。不仅会喝茶而且学会了泡茶。我备了很多种茶——铁观音、西湖龙井、黄山猴魁、斯坦洋、金峻眉……

你若来做客，一定陪你喝壶好茶！

没什么大不了的——

不就一杯茶嘛！

不就一杯白开水嘛！

依

欢

丽

靓

一毛钱的关系

经常听人说："我们没有一毛钱的关系！"

我在想："一毛钱的关系是什么关系呢？"

一毛钱是货币中的基本单位，但不是最小单位。10个一分钱是一毛钱，说明一毛钱的关系是建立在10个一分钱的关系上的，那就不能说没有关系。

假如和仅仅认识但没有往来的人是一分钱关系，和同事就应该是一毛钱关系，和亲戚应该是一元钱的关系，和兄妹应该是10元钱的关系，和子女应该是100元关系，和夫妻应该是1000元关系，和父母应该是10000元关系。不知我这个账算得对不？

　　现实生活中的各种关系实在太复杂了，你不知道怎么就得罪了一个人，很快就会有十几个、二十几个人对你有意见。你不知道哪句话说错了，哪件事没有办好，上司对你有看法。上司对你有看法了，原来看重你的人就不再看重你了，和你套近乎的人没有了，你的议论和猜测就多了，甚至政治上、经济上、个人生活上到处都出问题了。再往下发展的话老婆也用另一种眼光看你了！请问：这是什么关系？是多少钱的关系？——我想不管多少钱，就是白送也没有人肯要！

又想到兄弟俩为了遗产大打出手，夫妻俩为了某事法庭闹离，同事间为了一句话而动粗动手，甚至你好好走着被人撞倒……请问：这是什么关系？多少钱的关系？

再有，平民慈善家阿里木和贫困儿童，庄士华和病人……是多少钱的关系呢？

所以，关系没法用钱计算，更没法说清楚。要不你告诉我：咱俩是多少钱的关系？

一毛钱的关系！

史

凝

· 136 ·

流

男女有别
BETWEEN

里

心儿痒痒的

10 年前我在额尔齐斯河畔的北屯市工作，最大的乐趣就是一到周六周日就去河里或坑里钓鱼，有时一天可以钓上二三十斤，特别过瘾。当然，钓多少鱼不是目的，乐趣是在钓鱼的过程。在北屯，那条奔流不息的母亲河给了我们多少垂钓的乐趣，但也使我对垂钓上瘾着迷，过一阵子就心急手痒，甚至做梦都在钓鱼。

到了乌鲁木齐后,我虽然也钓鱼,但是常常压制自己的垂钓欲望。没办法,谁让乌鲁木齐没有大河呢!

在乌鲁木齐,我先是到红雁池水库垂钓,一天下来几条小鱼还不够塞猫牙缝的呢,别说练钓功,简直是练坐功来了!后来发现燕儿窝那有个垂钓园,3个小时10元钱,整天100元钱,钓多少都归个人,算算挺划算的,头几次每次我都满载而归,有一次竟钓了十几条二三斤重的大鲤鱼,把老板心疼得眼瞪得牛眼一样。可是好景不长,钓鱼的人越来越多了,老板也越来越精了。他每天早上把鱼喂得饱饱的根本就不吃钩了,一天最多钓一两条,有时一条也钓不着。

　　于是又换到五家渠垂钓。五家渠钓鱼池子的鱼饿得见到食就抢，一会儿一条乐开了花，一上午工夫就钓了几十条大鲤鱼，一称：30公斤；一算账：25元一公斤！花700多元钓的鱼老婆一看就火了：市场上卖8元1公斤！就这样，憋不住了还是要去钓一回，只不过给自己设了个限：今天只钓100元的鱼，可一上瘾我把不住了，一收杆，又是几百元，自己都心疼的哆嗦。

　　在北屯时我经常请人一起钓鱼，边钓鱼边聊天很有意思的。可是在乌鲁木齐你可不敢随便请人钓鱼，因为北屯钓鱼不要钱,而这里钓鱼太贵。

春天来了,树儿绿了,花儿开了,太阳暖洋洋地照在头顶上,多好的一个周日呀——正是钓鱼的好时光!

看着窗外人民公园的一池碧水,我心儿痒痒的……

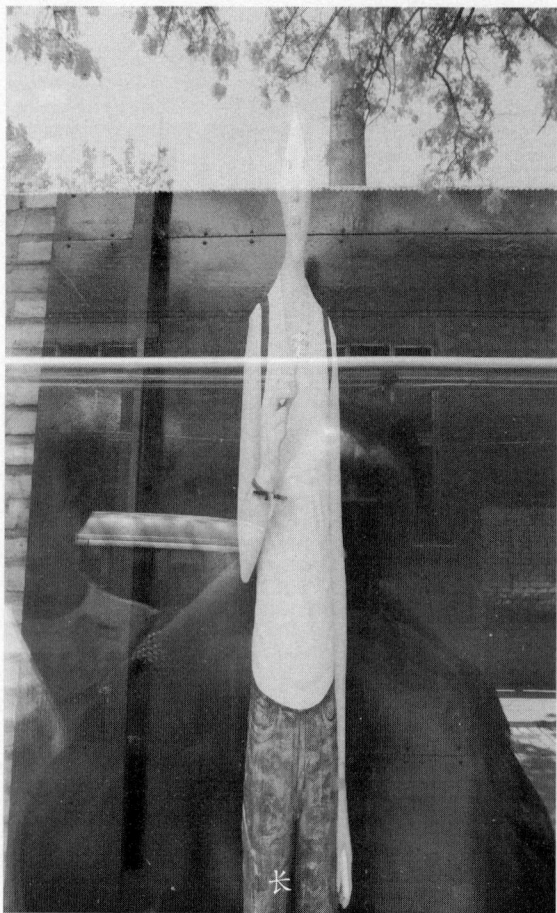

长

视

上帝来到人间

1

上帝扮成凡人来到人间。他走进一户穷人家,他们正在吃饭。上帝说:"能给我一点吃的吗?"主人把上帝请进屋里:"如您不嫌弃,就和我们一起吃吧,虽然是野菜稀粥,也能吃饱肚子呢!"于是,上帝在穷人家高兴地吃了一顿他认为非常可口和舒心的饭。

上帝想，这是真正原生态的人间的野味啊！

上帝又来到一户富人家，他们也正在吃饭。上帝说："能让我和你们一起吃饭吗？"主人问："你是谁？"上帝答："我是凡人啊！"主人很不高兴，随手把一个啃了一半的鸡腿塞给上帝说："赶紧走，我家又不是慈善院！"说着便把上帝推出了门。

上帝啃着半只鸡腿，心想：这人间的鸡也是转基因的啊？！

上帝遇到一位商人，便把在穷人家和富人家遇到的事讲给他听，末了问："为啥穷人家大方而富人家吝啬呢？"商人拿出计算机算了一阵说："穷人家的两碗粥值四毛钱，富人家的半只鸡腿值四元钱，从经济学的角度讲，还是富人家大方啊！"

上帝又想：这到底是穷人家好还是富人家好呢？

2

上帝到了城里，看到满街的女人都露着大腿，生气地把天庭衣帽官叫来训道："都什么年代了这人间还有这么多人没裤子穿！我走在街上都不敢睁开眼睛，睁开就是女人的大腿！"衣帽官委屈地说："发下的都是长衣长裤，可她们都给脱掉了呀！"

上帝想：这天宫里刚从人间学习穿衣

戴帽,她们咋又脱掉了?!

3

上帝进了一家餐馆,叫服务员:"小姐,我要点菜。"年轻女服务员生气地瞪了他一眼:"这里没有小姐!找小姐到别处去。"

上帝说:"你不是小姐么?"

女服务员真的生气了,骂道:"你妈才是小姐!"

上帝笑了:"我妈年轻时是小姐,可她现在老了,成老太太了。"

服务员大喊:"老板快来,这有人要耍流氓!"

上帝被老板轰了出来。

上帝不解:"为什么他们发这么大的火呢?"

恰巧上帝碰到一位大学教授,便向他求救。教授哈哈大笑说:"你知道'小姐'什么含义吗?"上帝说:"对有文化又年轻美丽的女生的尊称啊!"

教授说:"错!你看这'小姐'的'小'字,中间是个钓钩,两边是男人屁股后面装钱的口袋;再看这个'姐'字,女字右边的'且'字是不是块石碑?所以呀,现代小姐的含义是:专门用美色从男人裤袋里钓钱的服务女人。"

上帝说:"那不是妓女吗?"

教授说:"有悟性!但两者既有共同点

也有不同点：妓女是做广告等男人上门送钱，小姐是悄悄钓男人掏钱。"

上帝说："我明白了，是那种既当婊子又立牌坊的人。"

可上帝又糊涂了："那以后怎么尊称女生呢？"

"是呀，"教授也被问住了，"叫丫头太土，叫女孩太俗，叫女士稍嫌礼貌，叫女人又太没文化，叫什么好呢？！"

4

上帝来到美国纽约，要到宾馆开房休息，一问房价：1000美元一晚。上帝嫌太贵，正犹豫住不住呢，正好另一个男士也要开房,上帝赶紧对他说:"同志,咱俩合住一个标准间行不？"男士扭头给了上帝一巴掌。

上帝想,这美国人就是没有中国人友好,就又回到他当初下凡界的地方,恰巧又碰上了那位教授。自从上次"小姐"事件后上帝觉得这位教授是不寻常的有学问的人,能向他学到人间很多东西,便把在美国的遭遇说给他听了。上帝问教授:"我又错在哪里了？"

教授想都没有想,说:"错在'同志'两字上了。你知道'同志'啥含义吗？"

上帝说:"是志同道合的伙伴,也是对人的尊称呀！"

教授这次没有哈哈大笑,却严肃地说:"错!又大错而特错!你看这'同'字:是同住一屋、同吃一口锅里饭、同睡一张床的意思,而'志'字又是同耕一块田永远心心相印的意思,所以'同志'的正确含义是'同吃同住同睡同劳作永远相互恩爱的人'。"

上帝说:"我明白了,就是男人和女人结成恩爱夫妻!"

教授笑了:"你太落伍了,男人和女人就不是'同志'了!"

上帝不解:难道男人和男人、女人和女人"同志"吗?难道人类已进化到同性繁殖了吗?!

上帝想:早知人类进化得这么快,当初女娲造他们时，就不该多浪费我一把灵土造个男人……

5

上帝请教授陪他好好逛逛人间。

刚进一村庄，就听见村头一小屋里传来女人悲伤的哭声。上帝和教授赶紧过去看个究竟。只见一个中年男子蹲在门口抱着头发呆，一中年妇女则怀抱一小孩坐在床上哭泣,边哭还边絮叨着什么。

上帝问女人:"你为什么哭得这么伤心呢？"

女人指着门口的男人说:"他太忠厚老

实了，不是被这个要就是被那个骗，刚打了一年工回来，谁知好不容易挣得几个钱又被他那个刁钻奸猾的表哥'借'走了，我们今后咋过呢?！"女人说着又哭起来。

上帝说："你别责怪他，他借钱给别人也是帮他人解难，人家可能很快把钱还你了呢。"谁知女人骂起来："那个不是东西的从来都是只借不还，看他忠厚老实分明是骗他的钱，你们看看，这世道还有几个忠厚老实的人，发财挣钱的都是那些刁钻奸猾的人！"

上帝不明白，问教授："这又是怎么回事呀?"

教授说："你看，这'忠'字是心里想着

饭吃嘴却被一根针给穿住了；这'厚'字呢，本来就是半拉房子过日子；这'老'字呢，是在地里犁地干活；这'实'字啊，是头上虽然戴了顶帽子可烈日就在头顶上啊！"

教授又说："你看'刁'字，那是一扇打开往里进财的门；这'钻'字更了得，是占有黄金呀；再看这个'奸'字，是美女如云啊；'滑'字左边骨的水是什么？是肉多啊！"

上帝若有所思。他想，今后用词可得注意了，这人类的《词典》已经倒着念，反着理解了啊！

6

在公园一角，上帝听到一对青年男女在争吵。男："我们这十几年的感情就这么完了？"女："我等了你十几年，别说车子，连套二居室也买不起，我不能再等了。"男："可那男的都可以当你爸了呀，你们不会幸福的。"女："可他有别墅有名车有票子呀！"

上帝想：原来现在人的感情是有价格的呀，那是多少钱一斤呢？

那女的转身要走，男的哀求道："求你再给我几年时间我会挣很多钱的，我公司的生意已开始好起来了呀，到时你要什么就买什么不行吗？"女："不行，有现成想要的干吗要再等几年，再说等几年我一老就没有有钱人要了，我不能浪费青春呀。"男："那你一老他就甩了你咋办？"女："怕什么，他不是大我 30 多岁么！"

那男的显得很无奈很伤心低着头走了。女的追上来说："要不，你等那老家伙死了，我继承了财产后再回来找你，咱俩再好好过下半辈子？"男的怔神了好一阵一句话没说走了。女的上了一辆法拉利车走了。

上帝看着他们远去的身影和车影，心想：不光感情，人类现在青春也是有价格的呀！又怎么计算的呢？

隙

墙   152

楔

透

风情画语

1

　　一定要春天发芽，夏天生长，秋天结果吗？如果心灵的田园也分四季，一生能有多少结果的机会？每个人都有心灵的田园，心灵的田园里不该有季节，它可以是永远的春天，随时把心花怒放，也可以转瞬到秋天，把鲜红的果实挂满心枝。呵护生活，呵护自己，呵护你心灵的田园！

2

打开窗户吧，让阳光照进屋里，让风儿吹进屋里，让花香飘进屋里，让外面的欢声笑语传进屋里……那扇玻璃虽挡不住风景，却还是把自己关进了屋里。既然已开启了窗扉，那就再打开窗户吧，当你的笑靥露出这窗口，这城市又添了一道亮丽的风景！

3

其实，每个人的内心世界里都有梅雨季节，淅淅沥沥的小雨淋湿了情绪，不要紧，你就权当给情绪洗个淋浴，待太阳一出来，赶紧拧干淋湿的情绪，让太阳晒个透，你会一身的清爽。千万不要把淋湿的

情绪捂在怀里，发霉的情绪就会变味，心
灵的世界也会变态。看，今天天气正好，到
太阳下来，把好心情带回家！

4

　　离得越远，时间越长，那份系在心头的
思念越重——故乡，总是让人魂牵梦绕。多
少童年的记忆，模糊了又清楚了。多少儿
时的牵挂，忘却了又想起了。多少个梦跑
丢了又回来了……那条叫额尔齐斯的大
河，那个叫乌伦古的大湖，那个叫阿克塔
拉的草原，那个叫阿尔泰的大山……听，远
方传来那熟悉的鹿鸣……

5

　　太想听到那鸟儿的鸣唱了。打开那扇

在乡下小屋的窗户，看着那一对顽皮的山雀在树枝间嬉戏，听它们尖细圆润的鸣唱。拂面而来的清风，用泥土调和花草的清香把我的全身浸透……太想听到那鸟儿的鸣唱了，哪怕是这只关在笼里的机器鸟儿，歌声也是那么清脆响亮，虽没有泥土和花草的芳香，却能让我入梦回乡！

6

种子发芽了，长成长长的蔓藤。蔓藤开花了，结出可爱的葫芦。每个葫芦里都装着许多种子，每粒种子都有我一份寄托。我把祝福刻上葫芦，我用红绳系着葫芦，我把葫芦挂在门上——发给远方的你，发给邻里的你。你打开家门迎葫芦，你打开柜门进葫芦，你入梦乡摘葫芦……你问我为什么送葫芦？我的祝福是福禄！

7

有一种花生在沙漠里，长在沙漠里，开在沙漠里。它的血肉是沙，它的筋骨是沙，它的牵挂是沙，它的祝福是沙……它是岁月给沙漠的礼物，它是沙漠给太阳的微笑！别说沙漠无情，别笑沙漠袒露，别叹沙漠死寂，看，这朵沙漠玫瑰，是大自然最美的绽放，是天地间最美的画语！来吧，朋友，塔克拉玛干之花欢迎你。

8

在一望无际的黑色将军戈壁上，竟然生长着两棵葵花。也许是偶尔的路人偶尔丢下的两颗种子，也许是偶尔飞过的鸟雀偶尔拉下的两颗未消化的种子，总之，有两个葵花的种子，在空旷干旱贫瘠的戈壁上扎下根生长起来了。这葵花瘦小得像不起眼的野花，它也许等不到种子成熟的那天，可它一样向着太阳仰起笑脸。

9

有的人，总是把自己捂得太紧，把心室的门上了一把又一把锁，时间久了，心就发霉了，身体也长毛了，看世界的眼神就变了——他的眼睛深不见底，他的微笑谜一样深奥，他的话里藏着话，他的耳朵会录音……他怨对自己的不公太多，他怨对自己的帮助不够……慢慢地他背得怨气太多了,心室就变成这样了……

10

　　法老本身并不伟大,是权力造就了法老的伟大。无论是伟大的法老还是贫贱的奴隶,无论是宏大的金字塔还是一捧黄土的墓地,最终,人、动物、植物……还有你我,都要回到生命的始点,梦开始的地方……那里是一切生命的归宿。看到它,你是否在想:真有那么多计较的东西吗?——好好活着,快乐活着,你就伟大!

11

　　大漠是一部天书,每一粒沙都是一个字符。畏惧大漠的人,永远也读不懂这部天书。只有勇敢地面对大漠、勇敢地走进大漠的人,才能破译大漠天书。不信?你去问问大漠里的钻井工人,你去问问大漠里的铺路工人,你去问问大漠边上的植树职工……他们会告诉你,大漠里写了什么、画了什么、说了什么、演了什么?

12

不要认为大漠孤寂和冷漠,更不要认为大漠无情和呆板,大漠的情感比你我、比这世上任何人都丰富,它的每一个沙波,都是一份情感,堆积成丘,堆积成梁,堆积成沙海,它的梦想和你一样鲜活,那沙海蜃楼的景象令多少人惊叹。这是活的沙漠,心细如沙,心宽如海,博大精深。它叫什么?塔克拉玛干和古尔班通古特啊!

13

有一次,在塔克拉玛干沙漠南边,我看到一支驼队从沙漠深处走出来,惊讶得问当地一老农:现在还有骆队?它怎么会从沙漠里出来?你猜那老农怎么回答的?他很不解地反问我:这有什么奇怪吗?!原来,一个几十年前在沙漠边上的村庄现在已处在沙漠深处,村民又不甘被沙漠驱赶,还在那里种植草木与沙漠抗争!

14

刚才突然发现住的农家小院里的葡萄藤上结满了小小的葡萄,像一个个刚睁眼的婴儿好奇地打量着世界,尤其是,新生的葡萄都努力仰着头向上生长,即便垂下的小果也仰头向上。是的,它们还年轻,它们在生长,待到秋天来看,累累果实挂满枝头,成熟了,就垂下了,垂下了,就甜了。

15

走得越远,回家的路就越长,那份牵挂,沉在心底越重。走出去的路,永远也看不到尽头,走得越远,路就越远。回家的路,在心的那头,再远的路,家是尽头。回家的路上,有泥土的清香,回家的心情,有奶茶的芬芳。骑马走出大山,乘车驶向城市,坐船航行于大海,一生不能忘记的,是回家的路!

16

在那遥远的地平线上,有一个美丽而

神秘的地方——香格里拉,那里的山青,那里的水秀,那里的山水养育了仙女一样的卓玛,她做的酥油茶总是那么浓厚浓香。卓玛的笑是天上的云,卓玛的美是香格里拉。每个走进那仙境之地的人,都会爱上那天上的云,都会沉醉在香格里拉。美丽的卓玛,难忘的香格里拉。

17

没有一条大路总是平坦笔直,也没有一条小道总是蜿蜒曲折。人生的路要走大道,虽然有曲折但车多人多有人帮忙掉不了队,事业的路要走小道,虽然平坦的路少,但艰辛中领略风光无限走出一条自己的路。最怕人生的路事业的路都要独辟蹊径又不愿付出，即便是铺设了木板的路，又能走多远呢？

18

再美丽的花，也有它的季节，不可能永远绽放。关键是，无论美与不美，无论人喜欢与不喜欢，该绽放的时候绽放了，该凋落的时候凋落了，又心甘情愿地化作春泥孕育来年要开的花，所以，何怕凋零，落花是一道更美的风景！

19

化剑为犁，让生命的毁灭者为生命服务。用子弹做成工艺品，更是对漠视生命的嘲笑。自古以来，一切的战争都是以毁灭生命为目的，最尖端的发明也是从服务战争开始，弱肉强食从来就是人类的本性。这就是为什么人心莫测、人心不古、人心狡诈、心胸狭隘的原因，也是为什么要追求真、善、美的原因。与子弹握手。

20

世上最美的是婴儿的眼睛，像水一样清澈，像花一样艳丽，像乳汁一样纯洁。眼睛是心灵的窗口，因为婴儿的心灵像白纸一样纯粹，所以人一生最美丽的时光是婴儿。有的人眼睛都割到三眼皮了，比比看，有这婴儿的眼睛美吗？

21

人长大了，眼睛就变成会说话的眼睛了，喜怒哀乐全在眼睛里。人到中年，眼睛就变成会思考的眼睛了，多愁善感的纹络便爬上了眼角。再往后，眼睛就变成海，变成天，变成沙漠，看不清，看不透，最后连自己也读不懂了。把最快乐的眼睛留下，到了连自己的眼睛也读不懂的时候，让这只眼睛为你翻译。

22

它们歌唱，歌唱大海的博爱，歌唱波涛的勇敢，歌唱团结的力量！它们是不知疲倦的鱼儿，把生命发挥到极致。它们的生命虽然处处危险，向前永远义无反顾。一条小小的鱼儿，又一条小小的鱼儿，在梦一样的蓝色大海里，勇敢而快乐地畅游……

23

那是梦中的家园，刚刚雨过天晴，浪花推着水车，吱呀吱呀地唱歌。潮湿的风，轻拍心的窗棂，去和风儿一起，晾晒淋湿的情绪。那是梦中的家园，已经雨过天晴，枝儿摇着小鸟，叽叽喳喳地唱歌。叶儿上，滚落最后一滴水珠，把心田里的种子催生……

24

再高大的窗子，也挡不住窗外的风景，更关不住窗内的渴望。我们总是自己给自己的心灵加一个窗子，认为那样就能关闭住心中的一些渴望，最终，当让疼苦折磨得死去活来时，还是要打开心灵之窗放飞希望。所以，与其终要放飞，何必要为心灵加那道窗呢？朋友们，打开心扉吧——快乐总比痛苦多，幸福总比苦难长！

25

雨后，湖畔的草儿树儿洗得青翠油绿，都憋足劲儿要节节拔高。一颗茶树已等不及的吐出满枝的花蕾，似乎只要谁一声令下就红色白色竞相绽放。这时候，前湖的水也温静得如初生的婴儿，刚刚在母亲的阵痛中哇的一声向世界打了声招呼后，又含着笑藏着羞甜甜地睡着了。一阵风过，空气中细细的水珠扑到脸上……

26

湖畔一条曲曲弯弯的木板路，被雨水

洗得像打了蜡一般，油光发亮。压在木板下的小草，不服输地从缝隙间挤出尖尖的脑袋，似乎在探寻什么。两个打着橘黄色伞和橘红色伞的少女，沿着小路飘一样走来，飘一样又消失在闪着银光的水波里……

27

走他人铺就的路，尽管平顺，终究是别人设计好的，所以，沿途的风光早被人印在画页上了，欣赏风景的人，不过又是一道别人的风景而已。

28

虽然是棵小小的野草，也要在春天的阳光下绽放。虽然总是被人忽视，花儿开了就要结出种子。虽然种子小如细沙,生命的力量一样强劲!

29

我的田园里没有泥土,因为我没有一寸土地。我的田园里长满果实,血肉是它生长的沃土。我的果实没有清香,孕育的种子却饱满强劲。有一天,我收获果园,每一粒种子,都抽出新绿……

30

不是每一朵花儿都结出果实,不是每一个果实都清香爽口,不是清香爽口的都有营养,不是所有的营养都健康人生。一种果实长在田园,它的期待是收获。一种果实画在纸上,它的期待是赞许。一种果实长在心田,它的期待是种子……

31

　　谁说污泥里只有腐烂,你看荷叶撑起巨伞。虽然美丽已经绽放,但根还在污泥里汲取能量。谁说腐烂就是逝去,你看灿烂还在延续,变化只是生命的形式,依恋诉说最美的诗语!

绽

栏

野

匆

走进克鲁格国家公园

南非之行必要去的一个地方，就是克鲁格国家公园。有的资料认为，它是世界上规模最大、生存环境最好、动物种类最多、保护措施最完善的野生动物保护区之一。

　　克鲁格国家公园位于南非东北边隅，东西宽30~90公里，南北长约320公里，总面积2.3万平方公里，相当于比利时国土面积的一半还要多。据说，公园所在的林波波省总面积6万平方公里，其中公园占去1/3,森林占去1/3,各种野生动物的总数是本地区人数的3倍多。

我们一行十几人怀着急切和激动的心情，早晨6点从约翰内斯堡出发，一路朝北方向疾驰,中午12点左右,终于来到了克鲁格国家公园。

一进公园，迎面是一条近百米宽的大河,河水很清,水面平静,从桥上可以看见水里一片一片的青翠的水草。过了这条河，就真正进入野生动物的天地了。

门窗严关的大巴车刚驶到桥中部,就听同伴呼叫起来，只见一群河马在水里张着巨大的嘴巴嬉闹呢！再看那边河滩上，十几条鳄鱼正扑腾扑腾往河里窜，惊起一群水鸟叽叽叫着从我们头顶上飞过。导游也兴奋地喊起来："河马！这么多河马呢！"导游说，她常年带游客来公园，也是第一次在大桥这看见这么多河马，因为它们一般很少到有人的地方来。

克鲁格国家公园是当年布尔人领袖德兰士瓦共和国总统保罗·克鲁格（1825—1904）的名字命名的。他于1894年在德兰士瓦建立了"潘多拉动物保护区"，严格阻止对动物的偷猎，这是南非历史上第一个自然保护区。后来政府专门立法保护动物，同时，为纪念克鲁格为保护野生动物所作的贡献，正式将保护区命名为"克鲁格国家公园"。

公园向所有游客开放。正值周六公休日，许多从城里赶来的人都是开着私家车一家一家的人来公园看动物。虽然人们可以自由出入公园，但严禁驱赶动物，严禁离驶路面，严禁喂食动物，严禁离开车子走到外面，更严禁鸣笛喧哗，否则，将受到极严厉的处罚，甚至判刑。

为了便于人们观赏野生动物，公园里修有2400多公里的柏油路，延伸向不同的方向，且每条路都有交叉口，每条路都通向公园管理部门和分布在各处的16个宿营地。公园内设施完善，交通便利，很多人是在公园里一跑几天几夜，吃住都在公园里。

也许真如导游所说的都是"福将"——所以幸运吧，刚进丛林十几公里，就有大小五六头非洲野象在路边不远的地方吃草。我们的车慢慢地往前驶，一直驶到离大象十几米的路边停下。一共五头野象，其中一头小象刚出生最多几个月，看到我们的车过来，便要往母象的肚子下躲。母象抬起头看了一眼我们，"喔"的叫了一声，只见另一头大象便仰着鼻子、扇动着双耳朝我们跑来。我们吓得一阵尖叫，让司机赶紧开车跑。谁知黑人司机不仅不开车跑，反而熄火让我们不要出声。那是几头巨象，足足有两米多高，粗长的鼻子一下就能把我们的车掀翻。正当我们一车人惊恐之际，那头毛色发黑的大象在离车五六米的地方站住了，扇着两扇大耳朵瞪着一对黑葡萄一样的眼睛警觉地看着我们，一会儿它用鼻子卷起一团土扬起，转身回去了。我们终于松了口气，赶紧催促司机快走，谁知车刚开出几米，就一个急刹车，这才发现，车左边又有一头更高大威猛的大象正虎视眈眈地在几米远的低矮的丛林里盯着我们，它身后一头小象正俏皮地用长鼻子卷树枝玩。我们在车里不敢作声也不敢走动，紧张地盯着这头大象，甚至忘了拍照。几分钟后，大象转身带着小象往丛林深处走去，我们这才发现，不远的树后还有一头大象呢！车上所有的人都惊出一身冷汗。因为来时路上导游就给我们介绍过，这里的大象都是野象，在弱肉强食的丛林法则下野性十足，每年都有人葬身大象脚下。这些大象都跑得很快，时速可达40公里，一旦对人发起攻击，那就非常危险。我们这才信服了导游，因为一路上我们嚷着要坐敞篷吉普车进公园，导游说我们未经训练和培训坚决不同意，导游是对的。据说，动物看物体是整体的，一车人坐在车上在动物眼里是一个物体，只要看着比自己高大，在非受到攻击情况下不会主动攻击。幸亏我们坐的是一辆全封闭的大巴车！当地土著黑人很有经验，在野外遇到虎狼等食肉动物时，就赶紧脱下上衣用树枝高高举起站立不动，虎狼一看是个大家伙又不惧怕自己，就不敢轻易发起攻击了。

说克鲁格国家公园是野生动物的天堂当之无愧。这里四季平均温度在 25 摄氏度，只有旱季和雨季，春天是旱季冬天是雨季，没有寒冷和酷暑。园内有险峻的山冈、起伏的丘陵、一望无际的草原、无数低矮的荆棘丛和灌木林，共有 300 多种树木，奇花异草更是名目繁多，到处还可以看到高大的面包树和棕榈树。园内有多条河流，两岸布满沼泽湿地。在这里，每种动物都能找到理想的栖息场所。

安全脱离野象十几分钟后，十几只长颈鹿正伸着优美的脖子吃树叶呢，我们高兴地争相拍照，其中一头长颈鹿看到我们后竟然走出丛林到草地上，转过身对着我们扭屁股，小尾巴还打着圈儿，像是跳摇摆舞，又像是嘲弄我们："拍我的大屁股吧，拍我的大屁股吧……"我们大笑不止。似乎看到我们大笑那长颈鹿更带劲了，竟又开腿从小尾巴下喷出一股尿，我们笑到肚子疼。导游说，长颈鹿是在告诉我们，这里是它们的地盘，让我们赶紧离开呢。

据介绍，园内繁衍生息着狮子、豹子、大象、水牛、犀牛等 140 种哺乳动物，500

多种鸟类,100 多种爬虫类,30 余种两栖爬行类以及 50 多种鱼类等。据有关部门统计,狮子 1500 多头,大象 1 万头,野水牛 3 万多头,豹子 1000 多只,犀牛 2000 多头,长颈鹿 5000 多只,斑马 3 万匹,羚羊 20 多万只,其他还有角马、河马斑鹿、野猪、猴子、狒狒、狼和野狗等,按照物竞天择、弱肉强食、适者生存、循环相生的自然法则活动着,构成了万木向荣、百兽奔行、鸟鸣鱼跃的自然景观。

黑人司机是有经验的中年师傅,他带我们走了一条穿丛林、过草原、跨河流的观光之路,一会儿是一群羚羊在草地上吃草,一会儿是几头野猪在拱土打滚,一会儿是猴子在树枝上跳跃，一会儿一头犀牛狂奔而过……就连中午在河边的营地午餐小憩时，头顶的树上一群非常漂亮的鸟儿也在飞上飞下。最幸运的是，我们在一棵大树下发现了一头公狮、一头母狮和一头小狮卧在一起午睡呢，公狮还站起来让我们拍照；十几匹斑马排着整齐的队伍不紧不慢地从我们车前穿过马路；尤其是太阳西下我们快出丛林的时候，竟看到了大象交配，太难得一见了。导游说，就在不久前，美国国家地理杂志来了两个摄影师，在园区里转了半个月专门拍大象交配，最终无果而返。相比我们真是太幸运了。当地人相信，看到大象交配是好运就要来了！

南非是没有死刑的国家，但是如果谁要是未经许可猎杀野生动物又拒捕逃跑的话，园区警察可就地枪杀偷猎者。2000年有四个偷猎者猎杀了一头犀牛被警察发现，在追捕中被警察击毙了三人，只有一人侥幸逃跑。可见，他们是如何保护野生动物的。南非的货币上印的不是伟人像，而是大象、犀牛、狮子、豹子四大野生动物。

　　我们驶出克鲁格国家公园时，火红的夕阳正映红了晚秋的草原，一群羚羊也被披上了霞光……

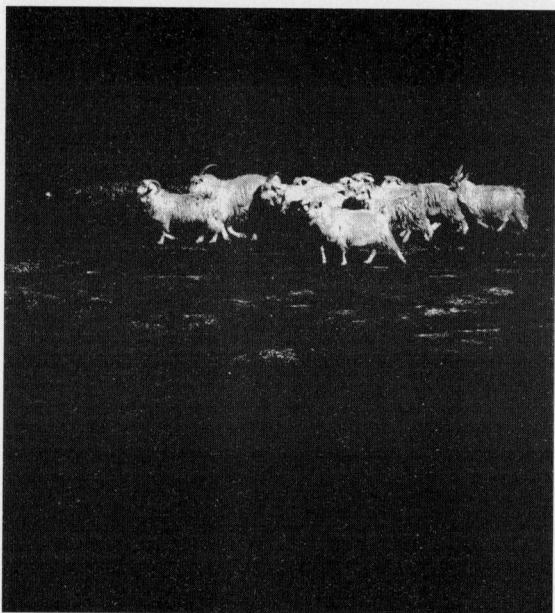

归

羞

湖

日内瓦湖畔

早晨从匈牙利出发,途径奥地利、斯洛文尼亚,一直沿着多瑙河走,到达日内瓦已是太阳西下的傍晚了。

　　我们入住的酒店离日内瓦湖不远,步行半个小时路程。放下东西我便急不可待地去看日内瓦湖。

　　我的家乡阿勒泰地区有个著名的湖叫喀纳斯湖,是个著名的风景区,被誉为"东方日内瓦"，那时，每次到喀纳斯我都想：真正的日内瓦是什么样子呢？

日内瓦市是瑞士的首都，坐落在日内瓦湖北岸，依山傍水、景色迷人，是个童话中的世界。国际奥林匹克总部、联合国的教科文等好几个组织及其他一些国际性组织的总部都设在这里，因而使日内瓦成为一个国际性大都市，据说几乎每天都有几个国际性会议或活动在这里召开或举办。因而日内瓦也是一个著名的旅游城市和会展城市。

日内瓦有三件宝：银行、手表和日内瓦湖。瑞士银行因其极严格的保密性和对客户的周到服务而闻名世界。许许多多的世界性大财团、大公司甚至很多国家、很多个人在瑞士的银行都开有账户。从某种意义上讲，瑞士的银行具有国际金融机构的性质。据说在瑞士的银行开一个账户很简单，只需一本身份证件如护照、身份证等，一瑞士法郎就可以建立账户，信息资料会受到严密保护，未经本人办理，任何国家、任何机构、任何人都没法得到客户信息资料。也正因为极严的保密制度和宽松的立户制度，给很多国家的贪官污吏及犯罪分子提供了赃款赃物的安全存放之处，使瑞士的银行背上了"藏污纳垢嫌疑"的不好名声。

日内瓦的金融区就在日内瓦湖边上，

据说有大大小小几百家银行。这些银行虽然做着国际性业务，但它们的外表看起来都很低调：七八层高的楼房，不大且不显眼的门牌，清一色的石灰色，仅从外表看很难相信这就是某某大银行那就是某个大机构。

瑞士手表是世界上最著名的，多少男士女士为戴一块瑞士手表而自豪。据说世界排名前30名的手表全部产自瑞士。

真正的瑞士手表还是沿用传统的手工技术制作，程序非常严格，一块顶级的手工机械表制表匠要花费一年多的时间才能做好。所以，真正的瑞士机械表非常昂贵，像几十万人民币一块的雷达表都算不上顶级表，真正的顶级表是完美的工艺品，不仅是身份的象征，更是极具升值潜力的收藏品。当然，这样的手表非皇宫贵族和达官贵人是买不起的。再说，这些表都要提前几年预定，据说已订到 2100 年。你就是有钱也未必买得上。我们一行人中的一位在二手表店花 30 万元人民币淘得两块老的手工雷达表，兴奋得一夜未睡，他说在国内一块就不止 30 万元。

为发展经济也为更多人需要，瑞士产有各种各样的 100 多个品牌的手表，少到几百人民币的石英表，多到几十万的机械表，应有尽有。凡到瑞士来的人，便宜的也好贵的也好都带一两块表回去。在日内瓦表店要比银行多，每个表店都生意兴隆，而且几乎在任何表店都可以看到成群结队的中国人。老板也最喜欢中国人，因为中国人出手大方，越贵越买。我们所到之处老板几乎都会说"你好""收人民币""有发票"之类的汉语。有的店铺干脆专雇中国人当售货员，也省的翻译。在日内瓦，人民币比美元欧元都好使，大小店铺都收人民币，到处都有外币兑换点。

夕阳下的日内瓦湖如同一幅天然油画：雪山倒映在湖水里和水中的云融为一体，海鸥鸣唱着从头顶飞过。夕阳为湖面铺了一条橘红的地毯，一条扬着白帆的小船正在橘红的光线里踏波归来，十几只天鹅就在湖边嬉戏……夕阳下的日内瓦湖是一幅活的油画，身临其境，有入梦的感觉。

　　巨大的日内瓦湖畔虽然坐落着好几个城市和乡村，但它的生态环境保存得非常好，城市与自然，人与自然都巧妙地融合在一起了。包括日内瓦市到处是草地、鲜花和树木，不像是一个国际大都市倒像是一个很大的乡村。沿湖观光，所到之处，湖水都是那么干净，成群结队的野天鹅游弋在湖里，有的干脆游到岸边来向人要吃的，动物与人亲密得如同一家人一样。

　　日内瓦湖畔的乡村比城市更有魅力。各式各样的别墅坐落在草地上、山脚下、田野边，有的几十幢连在一起，有的一两幢一处，曲曲弯弯的小路伸向草地、伸向森林、伸向山里……几头大花奶羊在悠闲地吃草……从哪个角度看，乡村都是画中的地方，都是一幅幅油画和山水画。

雪山、草地、森林、碧波荡漾的湖水和画一样的城市、乡村，加上蓝蓝的天空，一朵一朵洁白的云……这就是日内瓦湖！

舔

漠

草

钻进金字塔

到开罗的当天晚上，在饭店用完餐后天已经很黑了，出门一抬头，三个巨大的金字塔耸立在眼前，被灯光照的通亮。在幽黑的天幕里，金字塔就像从天而降的天外来客，高高地在夜里注视着开罗城。

金字塔使埃及成为这个星球上承载着来自另外一个世界的更高层文明的地方，而金字塔本身更承载了更多不解之谜。

关于金字塔的话题，似乎是这个星球上所有人感兴趣的话题。我至少看过几十个版本：金字塔是外星人建造的——因为那个时代的技术和条件，人类不可能建造成这么宏大的建筑。金字塔是外星人的地标，起着宇宙导航作用。在某本杂志上看到专家研究金字塔内部后，惊人地发现法老的棺室与塔尖形成的直线都指向天际的某个星座，仿佛在向人暗示什么。又在某杂志上看到某个金字塔中发现了一个类似电视机的东西，还可以收到一个频道的节目……总之，从小到大，从书本到影视到茶余饭后，我看到、听到关于金字塔的事太多了。所有的话题只有一个结论：太神奇了,太不可思议了！所以,从小我就对金字塔充满了想往和幻想。

第二天当我站在金字塔下仰望它的时候,我不仅没有了昨晚的激动,而是生出了很多疑问:这个用巨石块垒起的坟墓,和我们中国在山脊上建起的万里长城,没什么区别啊？如果金字塔是来自另一个世界的文明,那么长城是来自哪个世界的文明？

"金字塔世界！"人们可以这样称呼位于尼罗河西岸的一系列陵墓,在孟雯斯的北部和南部,80多座金字塔组成了长达50多公里的链条。我们不禁要问:古埃及的法老们为什么都热衷于为自己建一座金字塔的坟墓呢？难道他们真的受到了某种指示？

历史学家在古埃及神学和宇宙起源论中找到了一种精神金字塔：这些金字塔形的神秘符号在处于混沌的原始沃土上有强烈的反光，矩形荷花蛋便在这里萌发寻开放，从中诞生了太阳。在这些形状相同的强烈反光中迸发出一个由光线组成的金字塔，它引导上帝的先民们走在一条宽广的大道上。大道的尽头缩成一个无穷尽的点，它们跨越了连接天与地的桥梁，就像进行了一次古埃及的集体涅槃一样。这就是法老们热衷于金字塔的原因吧。据《埃及艺术与历史》记载，考古学家在一个金字塔法老墓室的墙壁上，翻译出这么一段文字："我走在你的光线上就像走在一个光坡上，迎着莱神上升……天空使太阳的光芒变得坚实，以便使我能够升向莱的双眼……人们建造了一道通向天空的台阶，这样我就可以用这种方式上天……"。可见，从开始，金字塔在人们心目中就是连接外部世界的桥梁和纽带。从这个意义上说，金字塔更多的是一种文化：宗教的、建筑的、艺术的、人文的……

在交了几十美金后，我钻进三个连排金字塔中的一个，目睹这个神秘圣物的内部世界。

在金字塔北面底部中央，有一个小小

的洞口，只能容纳一个人弓着腰钻进去。一个方形的笔直的通道呈 45 度角向下延伸。为防止游人滑落，通道底部铺有带木条的木板，通道两壁上安装了绳索。下去时我们几乎是蹲着一点点往下挪，大约二三十米后进到墓室。墓室没有想象的大：二十几平方米的正方形，五六米高，四壁和顶部绘有彩色图画和金字塔文。往右侧还有两个墓室，一个 10 平方米左右，一个五六平方米，三个墓室有石门相通。木乃伊和墓室里的东西早被政府移到博物馆保存起来，空荡荡的墓室里透着浓浓的霉味和药水的味道。

因为导游告诉我们，在里面不能呆时

间长，所以我们都是看了就赶紧出来了。

出了金字塔，仰望高高的金字塔尖，好像真的看到有一条光线直伸向天际……回头再看那小小的洞口，我感叹：法老本身并不伟大，是权力造就了法老的伟大，法老的伟大造就了这金字塔的伟大……无论是伟大的法老还是贫贱的奴隶，无论是宏大的金字塔还是一捧黄土的墓地，最终无论人、动物、植物……凡是有生命的物体，最终都要回到生命的始点，回到梦开始的地方……

饰

盘

圆

立

读不懂的开罗

开罗是埃及的首都，是政治经济文化中心，也是古埃及文明的发祥地。这里不仅是非洲国家中最著名的大都市，也是世界瞩目的地方之一。这座历史悠久的城市承载了太多的东西：国家的、人民的、历史的、现在的……正如我们向往它是因为仰慕它的历史文明，同时还想看看这个星球上最伟大的文明古国之一的地方今天的面貌。最有纪念意义的是，我们来到的是穆巴拉克政权末期的埃及，走进它的正孕育着动荡的首都开罗。

开罗这座有着悠久历史和文化的古城，与我想象中的历史名城相差太远，可能是对这座城市寄予的希望太多，当我身临其境后看到的与想象的差距太大时，总免不了有一些失望。

我对开罗的印象有"五多"——

坟墓多。开罗城区的面积很大，密密麻麻地盖满了房子，大大小小的街巷纵横交错，从高处看去很像新疆喀什市的高台居民古城。城中一大片一大片的土房子，一个院子一个院子地连成一片，房子和院子

里见不到人影，而纵横在土房间的街道巷
道上却是车水马龙热闹非凡。这一块空地
上挂满了红红绿绿的衣服，那块空地上几
辆马车上装满了西瓜，就连窄窄的巷道两
边都摆满了地摊，汽车的喇叭声、摩托的
鸣笛声、驴马的嘶叫声、小贩的吆喝声……
与一个个空荡荡的房子和院子相比，街巷
热闹得有些过度了。我纳闷为什么这城市
中心位置的一大片地方都是平房？更搞怪
为什么这上千个院落里没有一个人影呢？

一打听才知道，这一个个的院落都是
家族的坟墓，凡城里这东一片西一片的土
院区都是坟场。

一个城市把最好的地方让位给死人，

而活人与死人共处一个城市，恐开罗是唯一的吧。坟场里面每一个院落都是一个族人或家庭的墓地，是生命的归宿也是来世的开始，所以信仰伊斯兰教的开罗人让位于死者的安息和升天之地也就不足为怪了，反倒觉得他们把精神的东西看得比物质的东西重，这也许是埃及的另一种文明吧。

警察多。走在开罗市区随处可见警察，上身穿戴肩章的黑色毛线制服，下身穿黑色裤子，腰间系一宽皮带，皮带上挂一手枪套，套子里装一把填满子弹的手枪——这是警衔高些的警官，更多的是手持卡宾枪的警员，几乎在这个城市的每个街区到处都有他们的身影。开罗街头的许多路口处都有岗亭，许多院落的大门口和围墙的四周都有岗亭，每个岗亭里都有真枪实弹的警察。开罗的岗亭也谓一道风景：有圆筒状的、有方盒形的、有房屋形的、有半拉墙的……有的立在地上，有的立在墙上，有的悬空高架在铁架上。初到开罗的人，见此场面都会心情紧张，认为开罗的治安不会好或是有恐怖袭击什么的，其实不然，这正是开罗政府对社会治安和公众安全的重视。同时在失业率居高不下的情况下，政府增加公共岗位以增加就业机会。当然也不排除防止暴力事件发生。因为在穆巴拉克后期因经济危机和高失业率，民众的怨气很大。当然历史是不可改写的，也最终是由人民创造的。尽管有那么多的警察和军队，在埃及短短的 10 天里，我们还是目睹了民众对一个朝代的改写和一个政权的结束。

清真寺多。埃及几乎是全民信仰伊斯兰教的国家，从高处放眼开罗城，到处都是高高的清真寺。俯瞰整个城市的建筑，最高的是清真寺，最漂亮的是清真寺，同类建筑最多的还是清真寺。这次到欧洲区，所到之处，导游带你参观最多的是教堂，历史最悠久的是教堂，最宏伟最壮观的是教堂，宗教文化已渗透到每个人的平常生活中，只不过欧洲人大多信仰的是基督教而已。我对宗教没有研究所以不敢言，但我去了很多信仰不同宗教的国家，发现最多最好的建筑是最大众的文化。虽然各自信仰的宗教不同，但有一点是一致的：那就是对真、善、美的追求！不知道谁说过：世界上有三种建筑存世最长——一是宗教场所，二是学校，三是图书馆。只可惜，世界上还有很多地方没有学校，更别说图书馆了。不过有一点是肯定的，凡是落后贫穷的地方一定是不重视文化传播和延续的地方；凡是不重视文化传承的地方，一定是落后的地方！

垃圾多。真不愿意写这一多，但开罗确实是我见过的最脏的城市。这与我对四大文明古国之一的曾经创造了世界上最灿烂文化的圣地印象相差太远。不知是我们在开罗的那几天清洁工正好集体休息呢还是别的什么原因，反正开罗那个脏没法说——大街小巷到处都是果皮、瓜皮、废纸、烟头、破塑料什么的，刮过一小股风，尘土就漫天飞。白色的、黑色的、红色的塑料袋和废纸也满天飞，树枝上、电线上、墙角里到处都挂着或堆着白色垃圾。在城东的一片贫民区，一大片低矮的土房几乎被白色塑料袋淹没了。擦得再光亮的皮鞋走上街就一层灰土。我终于明白为什么开罗男的、女的、老的、少的都光着脚板趿拉着一双没有后跟的硬塑料拖鞋的原因了——

不用每天洗袜子擦鞋子啊！开罗除了主要街道铺了高低不平的柏油外，大多数住区巷道还是土路，窄窄的巷道里到处是发臭的泥水和随手乱丢的垃圾，城市环境卫生状况真的不敢恭维。想到我生活的边陲城市乌鲁木齐，虽不说花红草绿，却到处干干净净，觉得还是咱家乡好。一个城市的整洁就像一个人的脸一样重要，脸干净漂亮了，别人才爱看呀，也是对客人的礼貌和自信的表现呀！所以，看我们的城市，首先要洁净她的卫生装扮她的环境啊！

未完楼房多。在开罗的城市乡村，到处可见未完工的小楼房。有的两层，有的三层，有的五层六层。屋顶上都有半拉房子，墙面也是抹到一半，有的甚至连外墙也不抹，裸露着砖头。你不要误认为这是烂尾楼，每层建好屋里都住着一户人家呢。

原来这是开罗人的一种民俗：一家有几个儿子，每个儿子未成家时和父母一起生活。成家后就往上盖一层楼给新人住，有几个儿子成家就盖几层楼，楼顶上留着半拉房子的，说明这户人家还有儿子没有结婚，只有所有儿子都成家了，楼房才封顶宣布正式竣工。所以开罗的楼房一盖就是几十年。在农村楼房越高说明这家人丁越旺越受人尊重。只是只给儿子建楼女儿是不给的。这文明古国也重男轻女啊。

埃及是一夫多妻制国家，过去一个男

人娶两三个老婆很正常，可老婆多了子女就多，子女多了要建的房子就多，所以现在的男人都不愿多娶老婆了。尤其是城里的男子，白送他几个老婆也不敢要，不是政策不允许，而是给儿子买不起房子。据说为了解决城市年轻人住房问题，前总统穆巴拉克在沙漠建起了一个新城，年轻夫妇成家交一万埃币就给一套几十平方米的房子，但终因沙漠环境太差配套设施不完善，更多青年人宁愿蜗居在城里也不愿去沙漠住便宜的房子，所以开罗的房价极高，据说可与世界房价最贵的伦敦媲美。

从日本韩国淘汰的二手车挤满了开罗的大小街道，一辆辆从乡下来的牛车、马车、驴车在与破旧的二手车抢道，摩托车灵活地在汽车和马车间穿梭，汽笛声、驴马嘶叫声演奏出城市的交响乐……

开罗人很开放也很热情，他们会开心的和你打招呼，热情地为你指路帮你带路，无论你是本地人还是外国人，都不会挨欺受骗。热情开朗的开罗人让你有回家的感觉。

读不懂的开罗！

心

路

审

伊斯兰堡纪行

伊斯兰堡是巴基斯坦首都，也是巴基斯坦政治文化经济中心，人口 150 万，是巴基斯坦最大的城市。

　　巴基斯坦与中国新疆帕米尔县相邻，乘飞机从乌鲁木齐起飞到伊斯兰堡不到三个小时行程，象征中巴友好和重要贸易通道的中巴友谊公路从喀什出发可直达伊斯兰堡。每天都有很多商贾在这条公路上往来于中巴之间，在乌鲁木齐大巴扎集贸市场有很多巴基斯坦铜制工艺品、巴玉制品和民族工艺品，同样，在伊斯兰堡的大市场里，有来自中国的民族特色商品和生活用品，中巴两国在各个领域都有深层合作。

在伊斯兰堡我们深切感受到兄弟般的热情和友情。

我们中国新疆新闻出版文化访问团一行十余人，到伊斯兰堡的当天中午，受到巴国前新闻部长穆沙耶夫的热情款待，他特意在城北最美的山上，用别具特色的巴民族美食款待我们，同时，也欣赏了伊斯兰堡的全貌。

在伊斯兰堡访问的一周里，我们先后受到前总理、现任总理、国家新闻部长、巴亚友好协会主席、巴中学会主席等要员的接见，据说这么多政要出面接见一个国家的出版文化访问团在任何国家都少见，主要原因是我们来自兄弟般友好的国家——中国。

在伊斯兰堡市中心国家独立纪念碑前，我们偶尔遇到一队中学生路过，见到我们中国人后，他们高兴地高声齐呼"中巴友谊万岁——中巴友谊万岁"，我们感动不已。在参观博物馆时，我们有三人提前出来在门口的花池台阶上坐等休息，两个衣衫陈旧，面孔黝黑，脊背搭袋，一看就是从偏远山区来的 50 多岁的男人走到我们跟前问:"中国?"我们说:"是!"他俩当即放下搭袋和我们一一握手拥抱。我们见到两个在巴国孔子学院助教了三年的中国去的老师,他们说在巴国,无论你走到哪里,巴国人都会给你热情的帮助。

伊斯兰堡是个美丽的城市,整个城市像个大公园。虽很少见到高楼大厦,但到处一幢幢别墅一样的三层小楼,掩映在绿树之中,小区和小区之间是大块大块的绿草坪,古树参天,鲜花点缀,这样的城市别有一番风味!据说,因为巴国多光秃秃的山丘,所以对环境特别重视,他们把绿色看作城市的生命,看作生活的色彩,所以房屋和房屋之间，小区和小区之间相隔很大，把空地留给树木和草地。这样虽然购物、办事很不方便，往往要走很远的路去买东西或办事，但大家宁可多走路也要让空间给绿地，这种环境意识每个人从小就培养起来了。我们到了几户人家参观，家家不大的院子里阳台上都种树、种草、种花，虽然生活水平不高，但是生活环境很有质量。这可能也是为什么虽然经济落后生活清苦，但所见之人都精神面貌很好的原因吧。

因为与美国合作打击塔利班基地组织的原因，近几年来，巴国安全形势不是太好，时而有恐怖分子袭击政府武装和平民，为了保证安全，很多单位及家庭甚至个人都雇有私人保安，所以在巴国经常看到全副武装的持枪人，或手持步枪，或持手枪或冲锋枪，每把枪都是填装实弹——一有情况就开枪射击。据说因为政府安全能力有限，鼓励公司企业和小区雇用私人保安，很多政府要员个人也雇有私人保安，所以在巴国保安公司和军队一样重要，都在反恐一线。不过，保安公司按小时收钱，所以保安公司生意兴隆，解决了很多人就业，尤其是退役军人。

巴基斯坦人民热爱和平祥和，恐怖活动已严重影响了巴国人民的正常生活和安全稳定，也严重危害国家安全；巴国人民对恐怖活动有切肤之痛。据国家反恐中心发言人介绍，巴国与阿富汗边界地区大多在山区，且大多是无人区，部队规模行动困难重重，但巴国上至总统下至百姓，反恐的信心坚决，加上有中国及联合国的支持，绝大多数恐怖基地已被捣毁，巴国人民一定会重回祥和稳定的生活。

巴基斯坦 1947 年从印度独立，由于印度曾长期是英国殖民地，所以至今巴国还是以英语为主，现正在推广本民族的乌尔都语。巴国官方语言是英语和乌尔都语。

巴基斯坦几乎是全民信仰伊斯兰教的国家，同时也是开放和多文化融合的国家,你可能早上吃西餐,晚上吃手抓饭,甚至喝完咖啡喝奶茶,巴国文化的多样性反映在多方面,从衣食住行到宗教场所。巴国最大的清真寺是一个非常现代的建筑,如仅看外观,你绝不会与清真寺联系到一起。巴国独立纪念碑也是一个非常现代的建筑,体现了很高的科技和艺术水平,令人叹为观止。现代文明与传统文化在巴国有机结合,巴国的民族传统手工艺品享誉海内外,尤其是手工铜艺品,有极高的艺术价值。就连街上跑的大货车和大巴士汽车,都被绘上各种民族图案和饰品,连车轮都绘上各种图案,简直就是会跑的艺术品!在伊斯兰堡,我们见到最好最美的建筑物一是博物馆，二是清真寺，三是纪念馆，四是学校，五是政府机关，他们对文化的重视可见一斑。

美丽的伊斯兰堡，友好的巴基斯坦。

轴

门

掩

具

唯一的科罗拉多大峡谷

未去美国之前，就听人说到美国一定要去科罗拉多大峡谷。到美国后，当地人说不到科罗拉多大峡谷就没有来美国。

我对科罗拉多大峡谷的印象来自于一部科幻电影，火星一样的天外世界：红色的沟谷、红色的天空、红色的河流和头上长尾巴的火星人……电影的名字记不清了，但那诡异壮观的红色大峡谷却刻印在我脑海里了。从谷歌地球上看，科罗拉多大峡谷位于美国西部荒漠地带，像一截撕裂的深沟，曲曲折折绵延 2320 公里。据说宇航员用肉眼能看到两个东西，一个是人造的中国万里长城，一个是自然的科罗拉多大峡谷。科罗拉多大峡谷形成于一亿年前，从海底隆起的地球版块，在河水的冲刷下，泥土不断被带往下游平原，形成巨大的蜿蜒曲折的峡谷。100 年前，被一个叫科罗拉多的外国探险家发现了它，并用他的名字命名。其实科罗拉多并不是发现大峡谷的第一人，在他来之前，印第安人早已生活在这里。美国独立战争时期，对西部的土著印第安人进行了灭绝性杀戮，一支印

第安部落被追杀逃到荒漠深处的科罗拉多大峡谷地带。长途追杀到这里的美国骑兵也疲惫不堪。美国政府发现与其劳民伤财地在这荒凉的没有人迹的地方追杀土著人，不如让他们自己困死在这荒漠里。于是，政府在这片荒漠上画了一个圈，只允许印第安人呆在里面，出来就枪杀。没想到这些土著人生存能力极强，凭借着峡谷里的一条红色的大河竟生存了下来。目前，美国仅有的2000多名土著印第安人就生活在这里，受到政府的特别保护。因他们人数少而又近亲结婚，造成生育繁殖能力差。今天这里的印第安人像中国大熊猫一样受到保护。这个区域当地的市、县、州乃至联邦政府都不能直接管辖，完全由印第安人自治，有点国中国的味道。可是，政府没有想到的是，这样一个兔子不拉屎的荒凉之地，后来竟发现了金矿和石油。因开采破坏生态遭到印第安人的抗议，美国政府只好关闭金矿和油田，并把这一区域法定为不准破坏的自然保护区。

我们一行五人乘坐商用直升机飞赴科罗拉多大峡谷。飞机在一望无际的荒漠平原上飞行，下面是清一色的黄色，偶尔点缀些沙漠植物。突然飞机一倾斜向下飞去，这才发现，一个巨大的沟谷呈现在眼前，一条大河像一条青蛇在谷底游走。一会儿我们便飞行在峡谷中间，刚才还是在一马平川上飞行，现在却飞行在悬崖峭壁之间。陡峭的峡壁几乎垂直下落，呈现红色和黄色，还夹杂着青色、黑色和绿色，犹如进入了色彩斑斓的大染缸，无比奇丽雄壮。沿峡谷飞行了一阵后，飞机降落在谷底的河边一处空地上。我们换乘游船沿水流湍急的科罗拉多河逆流向上，沿河欣赏大峡谷风光。抬头看，两岸高山一样的峭壁伸向天空，蓝蓝的天空也呈一条蜿蜒曲折的布条儿一样。河的左岸怪石嶙峋，右岸狭窄的河滩上长满两米来高的灌木和杂草。在船沿伸手触摸河水，并不混浊，与别的河水并无异样。沿河远眺，峡谷把河水映成黄色和粉红。我这才明白，为什么从上面看河水是红色的了。

　　传说，当年最后的一支印第安部落被驱赶到大峡谷后，虽然有一条大河，却没有任何可吃的东西，他们只有挖草根充饥。但是，草根很快就吃完了，就在族人快要饿死的那天夜里，一只长着长角的高大的山羚羊走进酋长的茅草屋，双膝跪地眼泪汪汪地看着酋长，随后倒地死去。这只山羚羊救了族人的命。第二天，酋长到河边求神保佑时，一条脑袋上长着大包的大鱼跃出水面跳到酋长的怀里，又为他们带来了美食。之后陆续又有眼镜蛇、山猫、山豹等分别来到酋长屋里，为族人提供了食物。后来酋长恍然大悟，神灵在救他们的同时，是在告诉他们，这里不是他们的家园，是这些野生动物的家园。他们要在这里安家，这些动物就会死去。于是，酋长带领族人走出峡谷，并规定任何人不能猎捕峡谷里的任何动物，不能砍伐峡谷里的一草一木。这个传说不知真假，但印第安人把峡谷奉为圣地、不准任何人破坏倒是真的。大峡谷之所以能原始地保护到今天，印第安人功不可没。据说，过去经常有人来盗采黄金，都被印第安人赶跑了。政府曾与印第安人协商开发这里的黄金和石油，并许诺给印第安人优越的生活，都被印第安人拒绝了。真实的事情是，美国政府为纪念这里发现了大金矿，曾发行了一万枚有印第安人酋长头像的一元金币，引起印第安人的强烈抗议。印第安人买下了大部分金币。这种金币目前已升值到几百元一枚，而且只有印第安人手里有卖。我在一个卖旅游纪念品的店里见到这种金币，叹服他们勇气的同时，也叹服他们的投资眼光。科罗拉多大峡谷应该属于雅丹地貌，土壤呈红色和黄色，在阳光下熠熠生辉。不同的峭壁呈现不同的色彩。断壁悬崖间长有树木，每一处崖面如一幅浓墨重彩的油画，似有人物、动物跃出，万千变化。站在蝙蝠谷的崖顶往下看，峡谷弯了个180度的大弯，峡谷里峰峦叠嶂，水如银链，如同一巨幅水彩画卷，气度不凡，又惟妙惟肖，大美之中处处唯美，实乃天外美景刻人间啊！峡谷外有一大片独特的沙地丛林，丛林里印第安人的小屋冒着炊烟。雕刻了科罗拉多大峡谷的科罗拉多河，流出峡谷不远，在山地形成一个大湖，湖水出口的两山间，就是著名的胡佛大坝，水电源源不断地为下游的城市和乡村送去光明，奔腾流淌的河水，滋润着下游万顷良田……

科罗拉多大峡谷，一个让人充满幻想的地方。

灯

春

字

网

光影好莱坞

走进好莱坞，仿佛走进了一个光怪陆离的世界：一边是真实的飘着淅淅沥沥小雨的天空，一边是虚幻世界里的变形金刚和未来水世界；这边嬉笑的人群走在星光大道上，却不时冒出一个中世纪武士或魔法师，尤其你看到的明明是《绿野仙踪》里兽人的小屋，里面却坐着一对年轻男女在喝着咖啡……在真实与虚幻间，不远处山上立着的巨大的"HOLLYWOOD"提醒你，这里就是好莱坞。

环球影视城是好莱坞游览的精华部分。好莱坞地区由主城街区、别墅区和影视城三部分组成。感受电影、了解电影的地方是影视城。许多荧幕上的场景在这里真实地再现，一座座摄影棚里正拍摄着新片。幸运的话，还可以与著名影星见面。在影视城，好莱坞把电影文化做到了极致，让你切实感受电影的无穷魅力和电影文化产业的巨大潜力。像硅谷引领全球IP技术产业一样，好莱坞引领全球电影产业，是制造明星和出产大片的地方，令多少导演、演员和追星族神往。

说来我们和好莱坞有过业务。2006年经自治区外宣办介绍，我所在的新疆电子音像出版社与好莱坞一家专门摄制纪录片电影的蒙勒克电影公司，联合摄制了一部90分钟的纪录片电影《神秘中国——丝路之谜》，以中、英语同时在中国和美国播映和出版DVD光盘。导演克里斯利比的敬业精神以及好莱坞高超的后期制作水平令我们叹服。这部电影后来荣获美国休斯顿国际电影节银奖和德国纪录片电影铜奖。

　　我们乘区间车参观各个摄影区。在山下一大片空地上，一排排的摄影棚整齐地排列，从外观看像一片厂区，没有任何特别之处。区间车在狭窄的林间小道上行驶，走进一片云雾里，突然一个巨大的恐龙从草丛里蹿出来，摇头在车边探望我们，我们的惊叫声未落，又一个食肉小恐龙窜出来，吓得我们又是一片惊叫声。讲解员说，我们经过的这片林区，正是著名电影《侏罗纪公园》的拍摄现场。许多与恐龙有关的电影也是在这里拍摄的。

车驶出林区，进入一个美国西部小镇，一座座木屋还原着西部开发初期的景象。走在小镇街上，讲解员说西部牛仔的电影就是在这里拍摄。我看过多部西部牛仔的电影，尤其那个戴牛仔帽的独侠在小镇街上一人与多名抢匪枪战的场景印象深刻。难怪这里的房屋，这条街道，我感觉十分熟悉呢！

　　驶出小镇拐一个弯，我们便进入一座城市。这是一座特别的城市，各种各样的楼房错落有致地坐落在街道两旁，住宅、银行、酒吧、超市、办公大楼应有尽有，可是驶出城区回头一看，全是只有"面子"没有"里子"的半拉房，有的仅是铁架支起的墙面。据说这些房子全是用特殊材料制成的可轰然倒塌又可平地崛起的"魔法房"，可根据拍摄需要任意搭建。

　　不远处一个山洞的入口，挂着人骷髅和一些乱七八糟的东西，旁边一艘木船上挂着破烂的黑旗。讲解员问我们在哪里见过这些东西？当即全车人齐喊:《加勒比海盗》！车驶进洞里，一下变得黑乎乎的，伸手不见五指。讲解员让我们赶紧戴上4D眼镜，说我们已闯进人猿世界了。车慢慢走着，突然一声巨吼炸响，车猛烈地抖动起来，这才发现我们正在山谷间的原始丛林里，到处是高大的树木和纵横交错的藤蔓。正抬头看山顶上飞流而下的瀑布时，一只巨大的恐龙冲到车前，一甩粗大的尾巴把我们的车掀得侧翻了。在一片惊叫声中，一只巨猿长吼一声冲了过来，抱住恐龙的脖子扭打起来，双双跌入山谷。地动山摇间我们的车也随之跌入山谷。巨猿与恐龙扭打着下落，我们也耳边生风往下跌落，"咣"的一声跌入谷底，司机一踩油门车蹿出山谷，回到云开雾散的真实世界。回头再看，我们从山洞的另一头驶了出来。所有游客都惊魂未定，你看看我，我看看你，继而全部大笑起来。讲解员说，我们刚才感受了4D电影的魅力。天哪，这4D电影真能让人发疯。

车刚走到山间一个村落的丁字路口，突然停住，讲解员惊慌失色地大叫："大家快坐好，刚才那场雨要暴发山洪了！"我们都笑了，想她又在故弄玄虚。不料我们笑声未落，果见一股洪水沿着坡道汹涌翻滚着直冲我们而来，一米多高的浪从车前打过，飞溅的水珠打了我们一身。我们这才回过味来:天哪，真的发山洪了。洪水越来越大，眼见着要淹到我们的车了，大家惊叫慌乱间，旁边房子的窗户哐地被水冲开，洪水从屋里冲窗而出，门前拴着的一只羊顷刻间被巨浪卷走。车被洪水冲得摇晃起来。幸亏洪峰过后水小了下来，司机赶紧开车逃离了山村。在一片惊叹声中，有人回过味来，大喊：刚才是不是假的？！讲解员却说，这里不仅经常有山洪暴发，还经常引发地震。我们实在弄不清真假了。我摸摸衣服，半边已湿透了，脸上也都是水，庆幸相机抱在怀里没被打湿。

到了山下一幢大房子前，讲解员说里面正在拍电影，现在他们吃饭去了，导演特许我们进去看看，但人不能下车，只能在车里看。我们一阵欢呼。电影拍摄现场是不允许外人进入的，我们真的很幸运。两扇巨大的门被人拉开，我们的车慢慢驶进宽大的摄影棚里面。摄影棚里搭建的是一个地铁站里的场景，一辆大卡车停在通道另一个出口旁边，看到我们进来，几个正在往下搬道具的工人停下活，挥手与我们打了打招呼沿台阶出去了。讲解说某著名导演正在这里拍一部新片，某著名影星是主角，讲一个发生在地铁里的爱情故事，园区电梯口立的那个大广告牌上宣传的就是这部电影。我看到了那个大广告，正是《泰坦尼克号》上的那个女明星。大家很兴奋，我们亲眼看到国际巨星拍电影的地方了！ 突然有人惊叫："地震了！"我这才觉得车有些抖动，继而像一个波浪涌过，把我们的车从尾至头掀起落下，随着一阵隆隆声，地面的砖石炸裂开来一块块蹦起，大地被撕裂出一条几十厘米的大口子……"坏了坏了！真的地震了！"不知是谁的话音未落，头顶的水泥大梁就咔咔地断裂，一截上吨重的大梁叭地砸到地上，正落在我旁边。天花板也一块一块落下，整个摄影棚里烟雾弥漫。我惊醒：真的地震了！再看那辆大卡车，已被一个落下的水泥大梁拦腰砸断，车头高高翘起。有人惊叫："漏油了，要爆炸了！"只听"嘭"的一声，一股大火卷着浓烟腾起，又听"嘭——

嘭——"几声，消火栓上的铁帽飞向屋顶，粗大的水注冲出龙头……又一片尖叫声中，洪水从楼梯口冲了进来……在剧烈的摇晃中，年轻的女讲解员一边指挥大家不要乱，一边大声喊着司机赶紧开车。终于在烟火中，我们冲出了摄影棚……惊魂未定地环顾四周，天哪，我们又被"耍"了！几个女士还在打着哆嗦哭呢。

如不是亲眼所见，你很难相信，一亩多大的水池里拍出了波涛翻滚的大海，一个两米多长的船模拍出了加勒比海盗船，一条仿真的鲨鱼拍出了凶猛的大白鲨，一堆真实空难的飞机残骸拍出了各种坠机空难，一片草地加一块巨大蓝背景布拍出了神话世界……电影科技是这么先进这么玄妙！尤其是 4D 的《变形金刚》，让人不仅身临其境，更让人在光影世界里分不清真假。这就是越来越有魅力的电影，这就是为什么会是好莱坞！

记得曾有人说，随着电视的普及，电影最终走向末路。可好莱坞会让你切身感受到，电影才刚刚开始，好戏还在后头哩。想到国内的电影，有不少也堪称经典之作，我们电影的朴实正是它的可爱之处。我喜欢看张艺谋早期的电影，《秋菊打官司》《红高粱》《一个都不能少》《美丽的大脚》都令人过目难忘，为之感动。但是，我却不喜欢看他后来所谓的大制作电影，像

《满城尽带黄金甲》等，让人感觉华而不实、不知所云。大片未必是大投入、大场景、大人群、大明星等一拥而上，而是精妙构思和高科技制作。巩俐演《秋菊打官司》前并不是大明星，而是凭"秋菊"成为明星。我不敢对电影妄加评价，但人和生活的"本色"应是电影的灵魂！

走在星光大道上，在2600多个影星的"星"上，我欣喜地发现了成龙的名字。据说目前只有这一个华人影星的名字刻在这条"星光"耀眼的大道上，令华人自豪，也令华人遗憾！川流不息的脚步走在星光大道上，嬉笑的人群中不时冒出一个天使、一个侠士、一个妖怪、一个魔法师……每天都有不同电影里的形象出现，与来往的行人打招呼、合影留念，随时把人带进各个电影中去。奥斯卡电影奖颁奖的大厅就在星光大道旁边，中国剧院门前的石板上刻着众多著名导演和演员的名字和手印、脚印，一群人围在杰克逊的手印和脚印前争相留影……山下静静的别墅区里，巨星在家里悠闲地品着咖啡……

好莱坞是多少电影人的梦。在好莱坞，一批又一批揣着一夜成名梦想的人在寻找机遇，不乏被大导演看中的演员成为新星。一些在本国很有名气的演员，宁可在好莱坞的某部大片里充当群众演员、替身演员、咖啡演员，也为能露一下脸而不胜荣光。来自中国台湾的 M.琼,在美国一家演艺学院硕士毕业后,一直在好莱坞寻找机会。10 年下来,她结交了大大小小不少导演,也在十几部电影里露过脸,在二三流的圈子里小有名气。好莱坞大大小小的电影公司很多,为之服务的专业工作室也众多。琼在奋斗了 10 年之后,注册了自己的工作室,自己当制片人。M.琼关注环境和生态,正准备拍摄一个沙漠生态的纪录片电影,已有一个生态保护组织同意给她资助。

天又飘起毛毛细雨。深秋的好莱坞细雨霏霏,几片金黄的树叶在秋雨中落下,一片葱绿正被雨水洗得青翠耀眼。

光影里的好莱坞，一个故事结束的地方，一个梦开始的地方……

镜

花

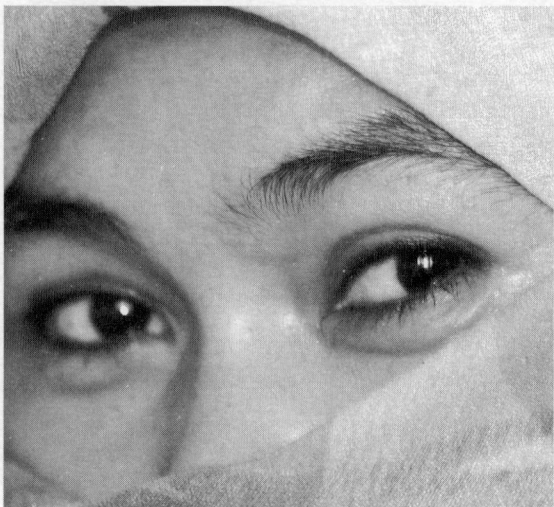

眸

情

结

刚从美国回来。从北京飞往旧金山的途中，我开始写《旋律》，一篇回忆我刚走上社会时的一段经历。半个月后从纽约飞回北京的飞机上，写完了这篇一万多字的散文。本想好好休息一下，调整调整时差带来的身体不适，可与美国华人接触的感受强烈冲击着我，本能地忍不住要将它们写下来。

因为业务关系，我踏上了美国的业务洽谈和考察之旅。让我感动的不是科罗拉多大峡谷的雄奇，不是尼亚加拉大瀑布的壮观，也不是华尔街的惊叹，而是那些身在异国华人们的祖国情结。

今年7月，听说美国纽约商务传媒集团总裁冰凌先生回到国内，我从他在新疆的朋友那里要到了联系电话，冒昧地打电话给他，希望能与他洽谈一下出版合作的事。我知道冰凌先生集团旗下的纽约商务出版社和国际作家书局（出版社）与国内多家文化机构有合作，见到过多本他们出版的介绍中国文化的书。我与冰凌先生从未谋过面，之前也没有任何联系，不料他听我简要谈了意向后，爽快地答应在杭州面谈。第二天一早，我就和分管版权和对外合作的副总编孙敏飞赴杭州与冰凌先生见面。3月初，我们刚与巴基斯坦一家出版社签订合作出版十一本介绍新疆历史与民族文化图书的英文版协议。我们想把其中《图说新疆通史》《新疆古今》《维吾尔麦西来甫文化》等几本书也拿到美国出版发行，向世界主流国家介绍新疆的历史文化。之前也与两家美国的出版社进行了洽谈，因他们兴趣不大未谈成。这次与冰凌先生洽谈，我们也是抱着试试看的态度，并没有多大把握。

中午一下飞机，冰凌先生就打来电话，

说他正在西湖边的华侨酒店等我们。我们赶到酒店,冰凌先生已迎候多时了。我们与冰凌先生详细谈了想法,将带的样书给他看。冰凌先生不仅爽快地答应与我们合作,还提出了更大的想法。他说我们的国家正日益富强,国际地位与影响也日益扩大,美国人更加关注中国的发展,对中国文化也更有兴趣。特别是对新疆更多关注。但遗憾的是,西方媒体长期的负面宣传,加上热比娅等分裂分子不实的负面炒作,西方人对新疆的认识有偏差。他希望与我们有更深度的合作,出版一个系列的从各方面介绍新疆的书,让世界认识、了解真正的新疆。这正是我们的目的。于是,我们经过讨论，签订了每年由纽约商务出版社和国际作家书局（出版社）出版 30 种、5 年共出版 150 种《中国新疆丛书》的战略合作协议。冰凌先生的真诚与热情打动了我们，尤其他对祖国的亲情与热爱之情深深感动了我们。作为一个海外华人，他言谈举止间时时流露出的爱国之心是那么热烈，诚可击石。在双方的努力下，第一辑《中国新疆丛书》30 种英文版图书于 10 月 1 日出版了，国内外多家媒体进行报道。未来美国之前，我已被海外华人崇高的爱国境界感动了。

到达洛杉矶的第二天晚上，北美华文作家协会为我举办了形式别样的欢迎宴会。20多个华文作家像欢迎家人一样欢迎我，让我备受感动。他们中有从中国内地来美的，有从中国台湾来美的，有的是在美国出生的，言谈间无不流露着对中国强盛的自豪，对祖国的热爱。他们让我介绍祖国的情况，尤其对中国文化产业发展关注。美国的作家协会不像中国有职业作家，他们都是业余创作。他们中有律师、有导游、有公职人员、有银行职员、有超市员工、有公司老板，还有司机和电器维修技师，有一个长者还是原国民党大校。他们会英文，但更多的是业余时间用华文创作。会长陈十美女士是在美国很有影响的华文作家，也是《洛杉矶华文作家》杂志的主编，刚刚荣获了全球华文文学奖。她对中国文学兴趣很大，也颇有研究。她说美国的华文作家对莫言获诺贝尔文学奖十分兴奋，也很振奋，这说明华文文学已被世界肯定，奠定了华文文学在世界文学的地位;她说中国文学应更多地走出国门，中国作家应更多地走向世界！她领导的作家协会正在编辑一套300多万字的《南加华人30年史话》，她们希望这套书将来也能在中国内地出版，让国人知道他们这些身居美国的华人没有给祖国丢脸。她主编的杂志上，每期都刊发不少介绍祖国的文章。陈十美会长还代表作家协会给我颁发了纪念证书。

次日，我又受著名华文小说家刘加蓉
女士、节目制作人李元瑄女士和作家杨超
先生之邀，参观了洛城体育中心、博物馆
和洛城最大的中文书店。2008年，我们新
疆美术摄影出版社和新疆电子音像出版社
联合在国内出版了第一部刘加蓉女士的长
篇小说《幸福鸟》，在国内引起较好反响，
并在美国华文作家中引发广泛好评。这本
书在美国就卖了1000多册，并荣获了全
球华文文学奖。次年，她的长篇长说《洛杉
矶的中国女人》也在中国内地出版发行。
她经常给中国的文学刊物写稿，新疆的
《绿洲》文学刊物上发表过她的中篇小说。
刘加蓉女士不仅热心洛城文学活动，更关

注国内的文学动态。她的作品以中国元素为主，从一个海外华人的角度反映中国的人文及自然，用作品表达她的爱国之情。洛城最大的华文"美国天普书原"书店在华人中有一定影响，200多平方米的书店中全部是国内出版社出版的简体中文版图书和音像制品。总经理包承吉先生早年来自中国上海，是当地有影响的翻译家、摄影家，翻译出版了多部中、英文作品。我问他为什么要在美国开专卖国内版图书的书店，他说美国的华文书店大多是台湾人开的，卖得大多是台湾和香港出版的繁体字书，国内大陆每年出版十多万种优秀图书，把这些图书介绍给美国华人并以此弘扬中华文化是他最高兴做的事，也是他最大的心愿。他说他的书店只要能维持房租就要开下去。只可惜，书店里新书很少。他希望国内能在美国有图书批发的网点，那样他就可以及时进到新书了。他希望我们出版社能发给新书目录，他可以订一些书卖。这也正是我们的心愿。我答应给他多组织些好书新书。

晚上，在一个华文作家四百多平方米的豪华别墅里，洛杉矶作家协会又为我举办了欢迎晚宴。餐后又和著名作家、副会长叶周先生及十几位作家、诗人座谈了近两个小时。我们达成了共同编辑出版《美国华文作家丛书》意向，当即有多位作家表示愿将他们的新作给我们出版，以支持新疆的出版社。我深受鼓舞。

在华盛顿，我与《华商报》、生活知识书局接洽中，就如何在美国拓展出版发行业务进行了深层次沟通。《华商报》主编孙殿涛先生说在美国影响较大的华文媒体基本上都是台湾创办的，对国内的负面新闻报道较多，他希望中国内地也能在美国创办一两种有影响的华文及英文媒体，让主流声音占据主流，客观公正地反映祖国的发展变化。

夏威夷的一个美籍中国台湾人客车司机高兴地告诉我们，过去华人在美国经常受到歧视，现在中国强大了，没人再敢歧视华人了。谁问我们是哪里人？我们自豪地告诉他:CHINA！

回来的途中我在想，为什么身居美国的华人有那么热烈的爱祖国之情？因为祖国强盛！因为他们对祖国爱得深沉！

伟大的祖国情结啊！

磨

后记

2012年春节期间，儿子为我在新浪微博里建起了"新疆于文胜"的微博，便学会了发微博。有时用手机、有时用平板电脑，忙中偷闲地写点文字发至微博上，与网友分享。

这些文字有的是即景即情的短文，有的是由感而发的随笔，有的是所见所闻的记录，有的是用长微博工具写的散文，还有用微博体写的小说，又因是在微博上发表，故应是"微博作品"吧。

感谢新浪微博为我提供了学习交流的平台。同时也感谢4000多个粉丝对我的鼎立支持。

ISBN 978-7-5469-3001-5

9 787546 930015 >

定价:39.90 元